我的青春有你

郑文畯　著

天津出版传媒集团

天津人民出版社

图书在版编目（CIP）数据

我的青春有你 / 郑文畯著 . -- 天津 : 天津人民出
版社 , 2020.6
ISBN 978-7-201-16068-9

Ⅰ. ①我… Ⅱ. ①郑… Ⅲ. ①长篇小说—中国—当代
Ⅳ. ① I247.5

中国版本图书馆 CIP 数据核字 (2020) 第 104155 号

我的青春有你
WODE QINGCHUN YOUNI

出　　版　天津人民出版社
出 版 人　刘庆
地　　址　天津市和平区西康路 35 号康岳大厦
邮　　编　300051
邮购电话　（022）23332469
网　　址　http://www.tjrmcbs.com
电子信箱　reader@tjrmcbs.com

责任编辑　刘子伯
策划编辑　莫义君
特约编辑　张帆
封面设计　西子

印　　刷　天津兴湘印务有限公司
经　　销　新华书店
开　　本　710×1000 毫米 1/16
印　　张　12
字　　数　150 千字
版次印次　2020 年 6 月第 1 版　　2020 年 6 月第 1 次印刷
定　　价　48.00 元

这是几位高中生的成长故事，他们在面对学习、生活时的点点滴滴以及成长中的疼痛，也许有你的影子。而他们是如何做到高中三年的最后的一次大考以优异的成绩完美收官的呢？

你看：进入高中，每次考试成绩各占一定比例，成为下学期分班的参数，学习上有了那种"咬定青山不放松"的精神。

服了：大家既是对手，又是朋友。大家的智力水平都不相上下，凭什么我的成绩要输给他？

彷徨：高中的恋爱经不住"高三期"考验？备战高考该如何下手？

态度：态度决定高度，学习也不例外。错题本是要有的，不懂不要装懂，老师在办公室等着你去答疑。

目标：每一次考试设定一个目标，促使自己进步。有个小目标，才有大目标！

——题记

前　言

高中三年，高考是最后的一次大考。高考看似一个人的战斗，其实，在这条路上，陪着战斗的人也不少，比如老师、同学、家长……谁坚持到最后，谁就是赢家。

高中三年，同学们之间发生着各种故事，每个故事背后都是耐人寻味的。如果没有高中三年的体会，青春的成长会有些遗憾。

为了高考，同学们偶尔抱怨过，也萌生过对自己降低要求的念头，但转念一想，还要努力、拼搏、奋斗，凭什么我要少一分呢？如果连学习都掌控不了，你还有什么资格谈梦想呢？不行动，就是空想！

高三的最后一年，同学们紧张备战高考，偶尔的放松并不是为了逃避学习；适度的减压，是为了更好的冲刺。每一次的考试就是一次排名，每一次的排名就是一次站队，每一次的站队几乎可以参照往年的高考成绩，拟定自己能去什么样的大学。为了梦想的学校，除了努力，别无他法。

有同学说，高三了，傻子都知道学习。是的，同学们为了激励自己，玩命地学习，甚至在桌子上贴着各种写满奋斗语录的小纸条。嘘！别轻看这些纸条，它是能带来正能量的！

走过了高中三年，蓦然回首，才发现，高中三年的发展与高一密切相关，良好的开始等于成功的一半。同学们从初中升入高中，对高中的一切充满种种幻想。然而，一跨入高中大门，随着课程的增多、身心的变化、荷尔蒙的涌动等等，就会面对许许多多的不适应向同学们提出的挑战。强者就是要勇于面对挑战。只要你想做强者，一切都可以迎刃而解。

高考是每年都有的话题。有人说，高考是人生的一次重大转折；有人说，高考是一个家庭的喜事，亦是一个家庭的愁事；更有人说，高考就是一场美丽而纯粹的相遇。无论怎样，高考每年都在继续着。如今，我们的高考已经画上了圆满的句号，而你们的高考也已经走在了路上。你希望像我们一样也考出理想的高考成绩吗？那么，看看《我的青春有你》，里面一定有你要的答案！祝所有面临高考的考生高考成功！加油！

目　录

第一章 两代同窗

　　七月的京城，天气热得让人无处可逃，室外的气温已经高达30℃出头，能待在室内的人尽量不想待在室外。

　　徐自动从昨天早晨起床到今天中午就一直待在家里。今天一早起床，他就打开电脑，时不时在北京招生考试网上查询自己的中考成绩。虽然北京招生考试网上有说明，中考成绩查询在2014年7月4日12：00开通，但盼分心切的他，还是按捺不住那种躁动的心情，总是控制不住点动鼠标，期盼着那个查询窗口能够提前开通。

　　11：45，查询窗口提前15分钟开通了。徐自动坐在电脑前，查询到了自己的成绩。看着上面的分数，他心里有着小小的激动，这个分数应该是超常发挥了。

　　他努力平息自己的心情，想吓唬母亲杨秀一下，就对在厨房里忙着做午饭的母亲激动地喊着："妈！我查到我的中考成绩了！"说这话时，徐自动挠了挠头，那状态明显有些中气不足。

　　听到儿子的喊声，杨秀赶紧关掉燃气灶上的火，把手往围裙上揩了揩，朝徐自动走来，问："快告诉妈，是多少分？"

　　"妈，咱先说好，我要是考得不好，您不能打我！"徐自动盯着母亲说。

　　杨秀准备自己打开网页查，徐自动立刻抢过鼠标，装出一幅可怜兮兮的样子说："我考砸了！"说完，两肘撑在电脑桌上，双手紧紧捂住眼睛，一言不发。

"究竟多少分？急死人了！"

"你先答应我，考砸了，不能打我。"

"你就是考零蛋，我也不能把你杀来吃了。"

"真的？"徐自动偷偷看了母亲一眼，说。

"真的。"

"我不逗你了！实话告诉你吧，我考了545分。"

"真的？没骗妈？"

"骗你，我是狗。"

"你这说的什么话，你是妈生的，你是狗，我不也是狗了吗？"

徐自动知道失语，连忙道歉。他打开网页，又查询了一下，让杨秀看到具体的分数。

杨秀看到那个分数，顿时喜形于色，与先前的模样判若两人。她说："宝贝儿，你小子这回发挥得不错！你看看，妈请的那个家教不错吧？幸亏考前妈请了一高人给你指点，不然你学秃了脑袋也难考到这个分数！不错啊，宝贝儿！想吃啥？妈今儿不做饭了，带你出去吃！"

"哎哟，行了行了！我自个儿的努力，那也占一部分因素啊！至于去外面吃饭啊，就不用了，您这儿菜都快做好了，咱们还是在家里吃吧。这样吧，您给我换一部手机。我上初中走读，不住宿，用老年机（没有上网功能的手机）没关系，平时就打个电话，但我第一志愿是本校，只要被本校录取了，高中就可以住宿了。我听上一届的同学说，高中班里都开始用微信群了，我换一部智能手机，老师平时发个通知什么的我也方便接收啊！"徐自动开始游说母亲给他换一部手机。

"那你想要啥手机？"

"果果吧，我听说那手机卖得挺火的。"

"买手机成，但我先提个要求。"

"说吧。"

"虽然知道了分数，但是还不知道录取的学校，等拿到录取通知书了，踏实了，咱们再买。"

"这个分数，肯定能上第一志愿的学校。"

"我也希望。"

徐自动有点不乐意，但是转念一想，反正没问题，不过是早迟的事，就说："好吧。"

"但我还有个要求，不能打游戏，要是打游戏的话，妈照样没收你的手机。"

"放心吧，说到做到。"

"我继续做饭，你赶紧给你爸打个电话，把你的中考成绩告诉他。"杨秀说着，就朝厨房走去。

在厨房里，杨秀一边炒菜，一边打着电话，向亲朋好友报喜，说自家儿子这次中考成绩出来啦，而且不错，就是等录取学校了。她脸上的表情是灿烂的，说话的声音里都带着笑意。

录取通知书在徐自动焦急的等待中姗姗走来。他是在周五的下午收到的。收到录取通知书的那一刻，他立即给母亲去了电话，在电话中沾沾自喜地说："妈，我说没问题就没问题。我手机的事情呢？明天周六，您看如何？"

"没问题，明天上午就去买。"杨秀在电话那头高兴地说。

第二天吃过早饭，杨秀收拾好厨房，就去卧室换衣服。当她换好后，喊着爱人徐大壮："老徐，走，给儿子买手机去！"

徐自动早已在客厅等着，就等母亲发话了。

徐大壮中等身材，戴着一副眼镜，双手将报纸展开，坐在躺椅上看报纸，躺椅旁的玻璃茶几上放了一杯泡好的绿茶。徐大壮听到杨秀喊他，站了起来，说："好。这次要换就给儿子换一部好的，咱一步到位。"

"哟！不心疼钱啦？"杨秀说。

"嗨，钱挣来不就是花的吗？你藏着掖着，不花它，它也不能有丝分裂、无丝分裂、二分裂，它也不能自交，生一钱宝宝，心疼钱干吗？"徐大壮说。

杨秀听他这么一说，摇摇头笑了。这笑容里，"作怪"的还是儿子考得了高分，这也是徐自动获得果果手机的砝码。

徐自动也在心里偷着乐。

杨秀说："咱们走吧。"

他们来到电器商城。电器商城的外墙上贴着各类海报，比如果果笔记本电脑、手机、洗衣机、空调等。电器商城里面设计简约，但布局合理、类别清晰：小家电、大家电、手机、电脑区域一目了然。在手机区域，有几张木桌子，上面放满了各种型号的果果手机，但电器商城内顾客稀少，大概是刚开门不久的缘故。

徐自动带着父母直奔手机区域。在那里，徐大壮指着一排不同型号的果果手机对儿子说："你随便挑，别怕贵，喜欢啥就买啥。"

徐自动看着一排排漂亮的智能手机，外壳颜色各异，黑色显得大气，白色显得典雅。他拿着一款黑色的手机，试用着。徐大壮看着儿子熟练地玩弄手机，心里想，咱们国家发展得就是快啊！20世纪 90 年代初，手机刚进入人们的视野，那时自己还没有手机。那时的手机还是双向收费，打电话、接电话都要收钱。那时候，谁的裤腰带上要是挂上一部手机，那可真是洋盘，提劲得不得了！一部手机好几千，普通人家哪个用得起？1995 年，自己刚大学毕业就参加了工作，工作了几年，好不容易自己也攒了点小钱，得，碰上了 1998 年的东南亚金融危机，又过了 10 年，快到不惑之年又碰上了 2008 年的次贷危机……"我真是坎坷的 70 后啊！"徐大壮自嘲道。接着他又想到，自己像儿子这个年龄，连手机花花都没见过，还是 2002 年初才买的第一部手机。那时候，手机才刚刚单向收费。手机的功能也不过是发发短信、打个电话。现在的手机，功能多得自己都用不完，在网上缴费、转账、QQ 和微信聊天等，随时随地都可以用。现在有的乞丐身上都背着一个二维码——支持微信支付了！那时，哪想到会有今天，真是"三十年河东，三十年河西"啊！

杨秀安静地站在一旁，不发表任何意见。偶尔，会拿起桌子上的手机样机，找找感觉。

"大壮！大壮！"徐自动听见有人喊他爸爸的名字。他爸爸也看到了对方。接着，徐自动看到了同学安苯酚笑嘻嘻地站在他旁边，他喊着："安苯酚！"

与此同时，徐大壮惊喜地对安苯酚的爸爸说："安笑平！你也来了！"

"真没想到在这里碰见你！咱哥儿俩得有二十多年没见了吧？"安笑平说。

此时，徐自动和安苯酚趴在手机展示台上，一边窃窃私语，一边选手机。

"我想想，咱们 1991 年高中毕业，就没再见面了，这次能见面，真巧!"徐大壮说。

"要不是给孩子买手机,还真难得遇上。安苯酚,过来喊叔叔。"安笑平喊着儿子。

两个孩子分别喊对方爸爸"叔叔",安苯酚见过徐自动的母亲,喊着阿姨。

"真巧了,我家徐自动常常提到的安苯酚居然是你儿子。"徐大壮说。

"咱们同学一场,没想到孩子也是同学,这感情!你家孩子高中上哪儿?"安笑平问。

"还是初中本校——海淀中学。"徐大壮说。

"我们也是。"安笑平说。

"真巧。"徐大壮说。

安苯酚和徐自动商量买什么款式、型号、颜色的手机,徐大壮和安笑平聊着天。他们问了彼此现在的工作情况,也不忘夸夸对方的孩子。

最终,他们都买的同款同型号的果果手机,只是颜色有区别,徐自动是黑色的,安苯酚是白色的。

安笑平从中学起就热爱化学。16岁时,在学校的实验室里凭借一己之力成功合成过酚醛树脂。高中时期,一直坚持阅读《化学发展前沿》这本权威期刊,也在上面发过论文,研究"通过卤代烃的水解反应和碳碳双键与水加成反应引入羟基的优劣",也曾斩获过化学奥林匹克竞赛的奖项。由于其突出的成绩,所以本科被保送到清华大学,研究生进入中科院化学研究所学习,后公费留学至美国普林斯顿大学,学成后归国,从事化学研究至今。

徐大壮从中央民族大学毕业后,就在一家经济研究所就职。虽然安笑平和徐大壮都在同一城市、同一区居住，但高中毕业后，却再无联系。

安笑平说："咱们加个微信，下来联系。今天我有事，不然，咱们两家一起吃个饭。"

徐大壮从上衣的衬衣口袋里拿出手机，加了安笑平好友，一边加一边说："你先忙，现在有联系方式了，以后见面机会多。"

"我们先走了，再见。"安笑平与徐大壮道别，带着安苯酚走了。

徐大壮说："回头联系。"

第二章　难以忘怀的军训生活

"徐自动啊，你说咱们这一局王者上李白和小乔行吗？这可是3V3啊。"安苯酚说。

"哎哟，没事儿，咱先试试呗。"徐自动说。

8月17日，安苯酚、徐自动和其他同学一起乘坐在一辆大巴车上，前往昌平区某军训基地，在那里进行为期两周的军训，直到8月31日军训结束后，回家休息一天，便正式开学。

军训是近些年才开始作为大中学校学生必修课的。网上有段子传"每到8月中旬和9月初，某国家的卫星便会观察到中国一夜之间多了许多'部队'，殊不知那其实是我们的军训！"军训是以加强国防意识、培养爱国精神、锻炼身体素质为目的的，算进高中的学分里，不参加军训就拿不到毕业证，所以几乎没人敢逃军训！即使在军训期间，因病不得不请假停止训练，也得在次年跟着新高一同学一起去军训。对学生说起军训，如同对一个痴迷股票的人说起"绿色"这个词一样，不夸张地说，学生几乎是谈"训"色变！因为，走进军营就意味着：

每天早起要晨跑，

馒头鸡蛋豆腐脑。

一天到晚晒太阳，

还不让你常洗澡!

去军训基地的路途是漫长的。闲来无事的同学们有的抱着临行前父母塞满零食的书包,惬意地坠入梦乡;有的拿出扑克斗上了地主;有的将耳机塞进耳朵,徜徉在自己的音乐世界里……

"哥儿们,你们打王者呢?"问话的是一位皮肤黝黑、长相帅气、气质老成、毛孔粗大的男生。他戴着黑边黑框长方形的眼镜,丹凤眼,一字眉。他的牙床很薄,笑起来能把整块儿牙龈都露出来,给人的感觉十分猥琐而又和蔼可亲,可谓是"粉面含春威不露,丹唇未启笑先闻"。

他自我介绍道:"我姓剪,叫刀禹,全名剪刀禹。我爸妈都是医生,我们家祖上是中医世家,但我爸妈是学西医的。不介意的话,打王者,再加我俩呗,咱们四个组队。"

坐在剪刀禹旁边的是一位风流倜傥、英俊潇洒的美少年。他长着一张瓜子脸,刀锋眉,深眼窝,卧蚕眼,双眼皮,樱桃嘴,可谓是前无古人、后无来者之帅。他跟大家打着招呼:"你们好,我叫椭圆梭。我非常热爱数学,幸会幸会!"

安苯酚说:"梭哥好,禹哥好!那我也自我介绍一下。我叫安苯酚,坐在我旁边这个长得很中气不足的哥们儿叫徐自动,你们叫他狗蛋就好。"

徐自动有些害羞地说:"嘿嘿,你们好。"

"那咱们就开始开黑(指当面组队玩团队游戏)吧!我使李白,狗蛋你用小乔,然后剪刀禹和椭圆梭就用个妲己或者成吉思汗吧!"安苯酚说。

"成!"剪刀禹和椭圆梭一起回答。

四个人玩着就聊到了一起,彼此的交流让他们知道了谁是哪个班的。椭圆梭是 1 班的，安苯酚、徐自动、剪刀禹是 2 班的。同时，在聊天的过程中，剪刀禹告诉了他们，他初中是房山中学的，中考后，跨区进入了海淀中学。

大巴车抵达了军训基地。军训基地的色彩是单调的，在这个军训基地里只能看到四种颜色：军训服的绿色、土地的黄色，还有天空的蓝色、云彩的白色，没有外面世界花花绿绿的喧嚣。

这时，2017 届海淀中学的学生们已经分好班，排好队。放眼望去，一字长蛇阵此时正在逐步排开……

"你们都给我听好喽！这儿不是你们家！我晓得，平时你们在家里咋个被宠，在家是啥子小皇上！即使是被当成小皇上养起，你也要给我记到：你们是学过历史课的，考试成绩肯定比我好。历史告诉我们，封建帝王是站不住脚的！人民民主专政才是治国之道！所以，把小皇上的姿态给老子放下来！"在军训基地的一个讲台上，一位教官操着极其不标准的普通话给大家讲军训的规章制度。

此刻，正值让人躁动的中午，很多同学已经不耐烦了，但仍坚持着站在这里，聆听教官的教诲。

"咋个放下小皇帝的姿态呢？第一就是懂礼貌！你们上了高中，我给你们上第一堂课！跟我念十字文明用语，一个人念不好所有人都不能吃饭！为啥子？因为部队是讲究团结的地方！不抛弃，不放弃！一人感冒，全家吃药！"那位教官似乎是为了给学生一个下马威，怒吼道。

"跟我念：你好，请，谢谢，对不起，再见！"

"你好！请！谢谢！对不起！再见！"整个操场响起了一阵回声。

"很好，不错！"教官继续说。

"见到老师说，老师好！见到首长说，首长好！见到教官说，教

官好！见到同学说，同学好！听见了吗？"教官拉开嗓门，声如洪钟
地喊着。

同学们齐声回答："听见了。"

"你们说的啥子？我没听清楚！咋个都软绵绵的呢？给老子大点
儿声！"

"这教官有毛病吧，跟被绿了一样，一张好脸都不给。""是啊，
这人怎么那么狂躁啊？更年期到了吧？"台下有同学起哄。

"都给老子闭嘴！"教官好像急了，说完这句话后，台下立马安
静了下来。

教官继续说："下面，请团长给大家讲话。"

此时，朝讲台走来了一位风度翩翩的男人。他头发灰白，打理
得十分整齐，标准的三七分，戴着一副大框金丝眼镜，走路的姿势
很稳。他站在讲台上致辞：

尊敬的各位校领导、亲爱的各位同学：

大家上午好！

欢迎大家来到我们部队，进行为期两周的军训活动。有些同学，
你们可能很不服气，说为什么要军训，军训能带给我什么好处？同
学，如果你这样想，那你就太自私了。你的思想境界不够宽广，你
想的是自己，不是这个国家，那你就是鲁迅先生嘴里的"精致的利
己主义者"了。军训，不但能强健你们的身体，而且还能磨炼你们
的意志。对男儿而言，狭路相逢勇者胜，怎么勇？那就要你有顽强
的意志。没有顽强的意志，许三多进不了 A 大队。没有顽强的意志，
我们中国不会在今天的航天、科技、经济领域取得重大的发展。对
女生而言，军训更加重要。很多女生，带了很多防晒霜，怕自己晒
黑了，黑了就不好看了啊，这都是没有必要的。什么样的女人最美？

柔情中又透着刚劲的女人最美。我们国家的外交官傅莹，就是一个很好的典范。面对国外记者的刁钻提问，她四两拨千斤，有力地反击了对方的强盗逻辑。她言辞犀利，语气温柔。她被公认为中国最优雅的女人。因此，往大了说，军训就是在为我们的军队提供后备力量。试想，如果有一天我们的国家与其他国家开战了，那你们这些经过军训的青年，在战争的危机时刻自然是可以直接上战场，值得信赖的。为国家而战，这是多么大的荣誉！好了，如果有哪些同学还不满意，请找我单聊。

再谈谈我们的请假制度。我不管你爸是多大的官儿，只要你来我这儿了，就别想凭着一个假条走人。如果你生病了，那你就去见习的队伍里待着，不出操你也得在别人训练的地方待着。

作息时间是每天早上 6：00 准时吹起床哨，起床整理内务，叠被子。

6：10 操场集合，准备跑操。如有迟到者，记违纪一次。违纪三次以上者，不颁发军训合格证书，需第二年与新高一同学再参加一次军训。若依旧违纪三次以上者，第三年继续参加军训，依此类推。

6：40 跑操完毕，回宿舍洗漱，拿餐具前往食堂用餐。

7：30 操场集合，开始操练。男生操练军体拳或队列练习。女生操练海军旗语或队列练习。

11：30 操练结束。

7：30-11：30 中间休息时间由教官自行决定。

11：30-12：30 午餐时间，用餐之前需喊一遍十字文明用语。在食堂内用餐要做到：吃饭不说话，说话不吃饭。若有违规者，记警告一次，累积三次警告为一次违纪，三次违纪者取消军训资格，不授予军训合格证书。

12：30-14：00 午休时间。午休时间不能大吵大闹，不能随意串宿舍，更不能走出宿舍区。有违规者，记违纪一次，处理方法同上。

14：10-17：10 操练时间。

17：20-18：00 晚餐时间。违规及处理办法同午餐的违规及处理办法。

18：10-20：00 操练时间。

20：10 回宿舍，准备休息。

这次军训活动中，将男女同学分开训练，一共分为 9 个班，3 个班为一个排，共计 3 个排。每个班有一个军训标兵的名额，希望大家积极参与。谢谢大家！

——2014 年 8 月 17 日。团长李工天。

每一个班都会有一个教官负责训练。第一周，所有的班都进行队列训练。在接受了一周的训练之后，男生会按照自己的意愿被分为"军体拳方阵"和"队列示范方阵"。女生也同样按照意愿被分为"海军旗语方阵"以及"队列示范方阵"。在军训的最后一天，将会像我们国家的阅兵式一样，每一个方阵将会接受校领导和部队领导们的检阅，然后学生们就可以踏上回家之路了。

剪刀禹、安苯酚、徐自动、椭圆梭被分到了 3 排 2 班。3 排 2 班的教官叫李淦，是一位年轻的教官。

接下来，李教官带着 3 排 2 班的同学们去装备处领取军训的装备。军训装备是一件标准的军绿色短袖衫，一条蓝黑色的短裤，但值得一提的是，军训期间，宿舍里竟然还有空调，这是出乎意料的。大家领完装备后，正好是下午 1 点。

李教官说："同学们，接下来就是我和你们一起度过这 14 天。

这 14 天不短不长，我们大家都相互体谅一下，你们不找我茬儿，我也不找你们茬儿，咱们和和气气的。现在是下午 1 点，我先把你们的住处给安顿了，然后你们就午休。今天下午没有安排训练任务，所以到下午 5 点，我来叫你们，集合时间不得超过 10 分钟，也就是5 点 10 分我要看到你们都按照刚才集训的队形，站到门口，大家听见了吗？"

"听见了！"同学们齐声回答。

剪刀禹、安苯酚、徐自动、椭圆梭被带到了 117 宿舍。

"找一张纸、一支笔。"李教官吩咐道。

椭圆梭立刻从书包里拿出了演算纸和笔，他还在思考一个"柯西不等式"的变式问题呢！

"那就你吧，把你们组员的名字写上，你当宿舍长，然后把纸粘到这门上。"李教官说完，往这矩形状门的对角线交点位置敲了敲。这木门看似已饱经风霜，原本的黄亮的木门已在岁月的侵蚀之下呈现出黄黑交映的颜色，有些地方干脆就裂开一条条缝，露出了脆生生的木条，仿佛风一吹，这脆弱的木条便会断掉。

椭圆梭看着那风烛残年的门，忍不住在心里感慨道：门啊！你为一群又一群的年轻人守卫着，可惜你也终究逃不过老去的命运。壮哉，壮哉！"与君歌一曲，请君为我侧耳听，天生你才必有用！"

"啊？这怎么粘啊？我们没有胶水。"椭圆梭说。

"给你们 30 秒钟时间，搞不定，下午别休息，去外面晒一下午太阳。我去给另一个房间安顿，30 秒钟之后我回来，如果没弄好，你们就去外面站着午休。"说完，李教官头也不回地走了。

"用口水，一粘不就成了。"徐自动说。

"用口水肯定粘不稳，狗蛋你是不是傻啊？"椭圆梭说。

"用牙膏不就行了。"还是剪刀禹比较机智。

椭圆梭拿出牙膏,一试,有效。

安苯酚问:"Why the glue can stick one thing to the other? Who has the answer, put your hand up. (为什么胶水可以粘住东西呢?谁知道答案,可以举起你的双手回答。)

"唉,这是一个好问题,我们还没想过。"三人面面相觑地说。

"因为胶水在水性环境里呈圆形粒子,一般的粒子大约是 0.5 微米至 5 微米。物体的粘接,就是靠胶水中的高分子体拉力来实现的。在胶水中,水就是高分子体的载体,当水载着高分子体慢慢浸入到物体的组织内,胶水中的水分小了之后,高分子体就依靠相互间的拉力,将两个物体紧紧地结合在一起了。"安苯酚说道。

三人听后,觉得有点道理,点了点头。大家开始佩服起安苯酚的睿智来,真希望他将来读到博士的时候还有很多头发!然后四人一起坐在床上开始天南海北地聊。他们看着刚刚贴上的名字,等待着李教官的出现。然而,好几分钟过去了,也没见到他的身影。

下午 5 点。

"嘟!"一阵刺耳的哨声响起。

"男生方阵,给你们 10 分钟,出宿舍!101-115 宿舍走北门,116-132 宿舍走南门。10 分钟之后,操场集合!"李教官早已在操场等候,他的身旁还放了一床被子。

他喊着:"3 排 2 班,报数!"

"1!2!3!4!满 5!"

"很好,现在我们需要选一个小班长,有自告奋勇的吗?"李教官问。

一位戴着眼镜、留着齐眉刘海的男生举手毛遂自荐。

"很好，以后报数的时候，你站在方阵的第一排右手边，报数完毕后，你跑步来到我面前，说'报告教官，应到多少人，实到多少人，报告完毕'。对了，你叫什么名字？"

"报告教官，我叫梁云暄。"

听到"梁云暄"三个字，椭圆梭朝他看了看，他知道梁云暄是他班上的同学，这是他从班级名单上看到的。

"好的，那我来给你作个示范。"

"报数！"

"1！2！3！4！满5！"

李教官提起双手，小臂与大臂成90°，慢慢从队伍第一排跑到"梁小班长"旁边说道："报告教官，本次训练应到32人，实到32人，报告完毕！"

旁边有些同学憋不住，"哧哧"地笑出了声。

"你来一个。"李教官命令道。

"梁小班长"照猫画虎地学了一遍，学得还不错，李教官很满意。

"班长选完了，下面，我就教你们怎么叠被子。"

李教官将身旁的"豆腐块"完全打开。第一步，将被子的短边三等分，依次往里对折。然后，再将被子的长边四等分，在两端分界处的位置压一压、捏一捏，捏出一个棱角，然后对折。最后说："我要的是豆腐块，要见棱见角，如果明天谁叠不好，直接把被子扔操场去。"

同学们静静地听着。李教官又说："下面，大家跟我去拿马扎。马扎人手一个，弄丢了弄坏了就别来训练了，人在马扎在，马扎不在人就别来了。"

到了"马扎处"，3排2班的同学们纷纷冲过去抢马扎。有的拨弄拨弄看看质量怎么样，有的还试坐一下。安苯酚一个健步冲了过去，别看他胖得跟奥尼尔一样，那速度跟博尔特都有一拼，他还真是深藏不露呢，看着挺"壮实"，跑起来还真是健步如飞。剪刀禹、徐自动、椭圆梭则不紧不慢地走了过去，待到他人挑好了马扎之后，再去挑马扎，真是从容淡定、沉着冷静。

接下来的时间是晚餐时间。食堂里，教官用餐区和学生用餐区分开。晚餐的菜单是"家常土豆丝""土豆烧牛肉""炝炒圆白菜"，外加一碗清凉一夏的"绿豆汤"，但晚餐的用餐规矩，用餐之前全体同学需以一个班为单位，在门口喊一遍十字文明用语后，方可进食堂用餐。还没到食堂，便能听见此起彼伏的十字文明用语……有女声的柔美，有男声的刚劲，有和声的洪亮，有回音的悠长……

椭圆梭看着食堂的壮观景象，心想，这是多么难得的一次人生体验啊！

吃过晚饭，李教官将3排2班带到一片小空地。

李教官微笑着说："来吧，都拿着你们的马扎坐下。班长，去给我报个数。"

梁云暄来了一套标准的报数程序，逗乐了大家。这个气氛是欢乐的，但也夹杂着一些哭声。有些同学由于没有出过远门，军训第一天就开始想家了。

梁云暄是一个不苟言笑的人，看他进行报数程序的样子，应该是个一板一眼的人，做事像微分几何学家佩雷尔曼的风格，即：在他的世界里，规矩就是规矩，是永远不能被打破的。这种类型的人，碰上爱因斯坦那种追求自由类型的人当然会发生一些奇妙的碰撞，这碰撞既不是"动量守恒二合一"，也不是"完全弹性碰撞无机械能损失"。这种性格上而非物质实体上的碰撞，自然是非常奇妙的了！

"今晚没训练任务，回去太早了，也没意思，我教你们唱歌吧。"李教官说。

"练练练，练为战！练成那精兵才是好汉。"

有一些"图谋不轨"的同学，却生生把"练成那精兵才是好汉"，唱成了"练成那傻子才是好汉"，甚至还在后面一起传颂了起来，闹得后面哄堂大笑。李教官自然明白发生了什么，但他并没有表现出太生气的样子。他清了清嗓子："后面的别吵了，赶紧跟着一起唱。"

"练练练，练为战，练成那精兵才是好汉……"

一曲完了，接着又是一曲，比如："日落西山红霞飞，战士打靶把营归，把营归，胸前红花迎彩霞，愉快的歌声满天飞，mi, sol, la, mi, sol, la, sol, mi, do, ra, 愉快的歌声满天飞！""团结就是力量，团结就是力量！这力量是铁，这力量是钢，比铁还硬比钢更强！"

这一晚，军训基地到处都是歌声，歌声交织在一起，起伏的音符在黑暗的天空中跳跃着。

经过这样一种方式，李教官和同学们熟络起来。因为熟悉而了解，因为了解而理解，而后，又发生了一系列有趣的事儿。是什么呢？拭目以待吧！

8月18日，清晨6点。一声清脆的起床哨划过男生宿舍楼上空，像一颗定时炸弹一样，吓醒了高一男生们，伴随着一名青年男性沙哑的嗓音"起床"，军营生活便正式拉开了帷幕！

"唉唉唉，哥儿几个，别赖床了！就10分钟集合时间，还得叠被子、弄内务，赶紧起！"椭圆梭最先起床，起床后对睡得"昏沉沉"的安苯酚、剪刀禹、徐自动大声喊道。

剪刀禹听到喊声，迅速从床上爬起来。安苯酚听见喊声，抱怨着，翻过身，继续睡，嘴里咕噜着："烦！我还以为中考完就能完全放松了，结果又是高中的暑假作业，又是军训，烦死人……"

"呼，哈……呼，哈……"徐自动还在有节奏地打着呼噜。

"徐自动！徐自动！赶紧起来！现在就剩4分钟了！"椭圆梭对着徐自动大声喊着。

"啊？还剩4分钟？不可能！我怎么觉着才吹起床哨啊！"徐自动一个鲤鱼打挺就从床上跳了起来。

椭圆梭说："因为你在睡梦中过的时间非常快。你想，你初三时的第一节课，打个盹儿，醒来不就第三节课了吗？"

徐自动和安苯酚觉得椭圆梭说得也对，赶紧着急忙慌地起来叠被子、整床单。椭圆梭和剪刀禹慢慢悠悠走出了宿舍。眼看时间快到了，徐自动和安苯酚慌慌张张跟着跑了出去，要追上椭圆梭他们。

"唉，不对，其他宿舍怎么才刚起啊？"徐自动有些怀疑。

"咳，你管他们呢，说明他们也赖床呗。"安苯酚说。

四人说说笑笑来到了操场上，见李教官盘腿坐在地上。他说："哟，小伙儿不错啊，现在才6点04分呢，你们第一个到！"

"不都6点10分了吗？"剪刀禹和安苯酚一头雾水。

"你俩傻吧！"李教官面带"微笑"地捶了下剪刀禹和安苯酚的脑袋。

剪刀禹、安苯酚、徐自动相视一笑，知道是椭圆梭搞的鬼。椭圆梭说："我是怕你们不按时起床，才出此下策的，也是为你们好！"

6点10分，3排2班全体学生集合完毕。

初秋的清晨是凉爽的，微亮的天空中还见不到太阳，只有半轮月牙挂在天际。在这个清晨，同学们又开始了军训生活。

首先是跑操。军训的跑操和学校体育课的跑操是完全不一样的。学校体育课的跑操，由体委（体育委员）负责整队、发令、领跑，体委一个人负责喊口号"1、2、1"，而军训的跑操则需全体学生一齐喊"1、2、1"。跑步的速度并不快，以清醒大脑、焕发精神为目的，操场中各方阵的"1、2、1"声此起彼伏，像是一道求太阳公公早日出现的符咒一般，没过多久，月亮悄悄隐退，东方渐渐露出了鱼肚白……

李教官为人和蔼，但是在训练中一丝不苟，不开玩笑。队列训练包括：立正、跨立、稍息、停止间转法、敬礼、齐步走、跑步走、踏步走、正步走、立定……

军训的生活是枯燥的，是乏味的。一个动作，可能会因为方阵里一个同学的失误而反复进行练习。向后转，有人慢了，有人快了，接着练！正步走，脚的砸地声不齐，脚踢起的高度不在一个排面上，接着练！跑步走，有人抢，有人慢，接着练。总之六个字"练练练！练为战！"

如果说到军训期间唯一的乐趣，那必定是去小卖部购物了，但小卖部也不是想去就去的。军训，一切都要按照规矩办事，让你去，你才能去，所以去小卖部得在教官的陪同下才可以。否则，小卖部阿姨也不敢轻易卖给你东西。话又说回来，相比起男生，女生方队则更容易去小卖部采购"军需"。毕竟，女孩子更擅长讨好教官，不能解决的问题，卖个萌就解决了，而男生想去小卖部，则要看教官的心情。教官心情好了，就带你去；心情不好，就不带你去。到了小卖部，同学们一个个都跟狼一样，见到好吃的眼睛就放光。

你说这人吧，也就这么贱，平时觉得不好吃的东西，在这个鸟不拉屎的地方，就觉得倍儿好吃，什么原味饼干、干脆面都是平时不爱吃的东西，到了这里，竟然都是抢手货。当然，到小卖部买东西的时间也是有限的，一般来讲，10分钟是极限。

每次到小卖部购物，剪刀禹、安苯酚、徐自动、椭圆梭都会尽可能地多买，打算晚上带回宿舍去吃。

除了去小卖部之外，去澡堂子洗澡也是一种极大的享受。因为，洗完澡一身臭汗就没有了，而且洗完澡也不会再安排训练了。

洗澡的场面是壮观的。因为洗澡的人非常多，前往澡堂子的路上，几乎从食堂那儿就排起了大长队，每个人都拿着一个小盆儿，小盆儿里装有毛巾、沐浴露、洗发水、香皂、换洗内裤、内衣。这个排队的时间，是用来休息的。这时候，不熟的人也开始熟起来了。因为军训规定，不让带手机，即便有个别同学偷偷带了手机，也只能放在宿舍，偷偷地用，所以排队等待时玩手机自然是不行的。扑克也没有，所以唯一打发时间的方法就是聊天了，天南地北地聊，聊兴趣、聊人生。快哉！快哉！

排队时间长，洗澡的时间却是短暂的，因为洗澡人多，有时间限制。同学们接连几天的训练，全身都散架了。温水往身子上一冲，用手尽情地揉搓着身上每一个酸痛的部位，真是莫大的享受。

澡堂子的面积有大约100多平方米，但这里的澡堂子不同于大街上的那种澡堂子（浴池），街头那种澡堂子里有小床，洗完澡之后可以躺在床上睡一觉，而且那种澡堂子里也有大厅，洗完澡的人可以在大厅里下象棋、看电视、挖耳屎，还有 18 小时的食物提供。而军训基地的澡堂子里只有一种设施，就是密密麻麻的喷头。地上有用尽了的洗发水瓶子、沐浴露瓶子，水龙头有些地方也已经生锈，斑斑痕迹显示出它的衰老。

军营生活，不适应也得适应，必须按规矩办事儿，正如孟子所说："天将降大任于斯人也，必先苦其心志，劳其筋骨，饿其体肤，空乏其身，行拂乱其所为!"但同学们也会找准时机，快乐地玩着属于他们的游戏——"锯人"。

"锯人"游戏在不同的地方有不同的叫法，比如在四川就叫作"磨人"，在广东叫作"阿鲁巴"……虽然各地叫法不同，但本质上是一样的。这是一个危险系数比较高的游戏，参与者四到十人不等，包括被锯的人和抬被锯者的人。道具为门，或者树，甚至讲台，但凡见棱见角物体均可。当然，见棱见角的行军被是不可以的，因为行军被太软了。具体的步骤就是，抬被锯者的人，一起抬着被锯的人，然后想尽一切办法，使被锯者的裤裆部打开，接着冲击树或者门，使其裆部遭受猛烈的冲击。这种感觉真的是"只应天上有"。

军训日子即将进入尾声时，8 月 28 日这天是椭圆梭的生日。剪刀禹、安苯酚、徐自动在晚上队列训练后，想了一个特殊的游戏给椭圆梭庆祝生日，那就是"锯椭圆梭"。

"嘿，你跟这儿坐着干吗呢?"剪刀禹问正在沉思的椭圆梭。

"噢……我在想，你说第一个算出来 $\sqrt{2}$ 近似值的人是怎么算的呢?"

"这个嘛，你看，你可以分别计算 1.1^2、1.2^2、1.3^2、1.4^2 的

平方，发现 $1.42^2 > 2$，然后你再算 1.412，1.422……的平方，依照同样的办法，接着跟 2 一直比下去就可以得到 $\sqrt{2}$ 的近似值了。"剪刀禹说。

"这不失为一个好方法，我刚才想了一个办法你看看怎样，$1 < \sqrt{2} < 1.5$，然后利用不等式的性质，$0 < \sqrt{2} - 1 < 0.5$，再平方之后，就可以解出来 $\sqrt{2}$ 的大致范围了，然后再接着平方，就是一个解不等式的问题！其他的无理数近似值，也可以这样计算……你们要干吗?"椭圆梭说着说着，只见安苯酚和徐自动带着一脸的坏笑走来。此刻，剪刀禹的神色也不太正常……说时迟那时快，徐自动、安苯酚、剪刀禹以迅雷不及掩耳盗铃而响叮当之势抬起了椭圆梭，徐自动和安苯酚抬着椭圆梭的腿，剪刀禹架着椭圆梭的胳膊，三人抬起椭圆梭，直奔操场边的树木。duang，一声清脆的巨响；duang，又一声……那动作，真像敲钟一般！

整个方阵都在围观他们。李教官也看得带劲儿。一会儿，他们把椭圆梭放了下来，被摇来晃去的椭圆梭已经站立不住，畏畏缩缩，战栗着，仿佛一个裸身男子在寒冬之中一般。

方阵的其他同学似乎被这场闹剧燃起了激情，他们面面相觑，一瞬间，他们都心有灵犀一点通，冲向了可爱的李教官。李教官躲藏不得，只好爬上了树而不敢下来。

"兄弟们！你们看那个方教官，女生方阵那个，平时吊儿郎当老看咱不顺眼，咱们这回找准机会，干他怎么样!"赵钊率先提议。

"干他！看他不爽很久了!"一个声音响起。

"干他干他，加我一个!"又一个声音响起。

"同学们，咱们慢慢来，一定要迂回包抄，农村包围城市，不猛冲，要游击，打他个猝不及防!"来自 1 班的李晨也提议。

十几个男生悄悄地潜到了女生方阵的方教官后头。此刻，方教官正在和女生聊天。李晨对女生方阵使了个眼色，让她们继续和方教官谈笑风生，当然也不乏那些愿意"保护"教官的女生，其中一位女生大喊："方教官，您看后面！"

这一瞬间，男生们冲到方教官面前，三下五除二就搞定了他，"duang! duang! duang!"对着树撞了三下。他们把方教官来回锯了三次后才把他放下来，然后迅速跑回自己的队伍，方教官则回到了女生方阵，整顿秩序，可这件事还远没有结束……

熄灯之后，男生方阵吹了紧急集合哨，大家以最快的速度来到操场集合。

"刚才是他妈谁出的馊主意？"面色铁青的方教官吼道。

此刻，男生方阵都低下了头，没人敢言语。

"好汉做事好汉当，都不敢瞎叨叨了？谁看我不爽说出来，咱俩单练！你们要谁都不说话，那咱还是老规矩，一人感冒，全家吃药！都过来，让我一人踹一脚！你过来！"方教官指着第一排最右边的男生说。

"趴这儿！"

男生出来，趴下。方教官照着屁股就是一脚。

接着是第一排从右往左第二个、第三个……直到所有的人都被方教官踹了一脚……惩罚完毕之后，队伍在操场重新集合。

看台上，李工天拿着话筒说："各位刚才被惩罚了，那咱们这事也就一笔勾销了。我们教官，也是为大家好，希望大家理解一下，不要抱着敌对的心理，不然你在这儿过得也不痛快，是吧？你想，在我们这个地方，你想跟我们对着干，你也干不过啊！天高皇帝远，是吧。你们放心，这件事儿不会让你们的校领导知道，我们保密工作一定做好，希望大家等会儿回去以后，赶紧休息，明天早上起床后继续训练。散会!"

这是军训的最后一天。早在 8 月 23 日，李教官就已通知到每个同学，最后一天将会举办一个联欢晚会。这个晚会的节目是丰富多彩的，有唱歌的，有跳舞的，有说相声的，有表演武术的等等。

在剪刀禹、安苯酚、徐自动、椭圆梭中，最有文艺细胞的当然就只能是剪刀禹和徐自动了。他们初中时就参加过学校的话剧社，而且剪刀禹扮演的还是主角。

这次联欢晚会，剪刀禹和徐自动打算给大家带来一个戏剧小品表演《人质》：一个抢劫犯（剪刀禹饰），曾经有一个梦想就是上军校，他当兵 8 年，可惜上军校的名额被团长的儿子给顶了，所以团长让抢劫犯转业。而抢劫犯呢，在北海道打过渔，在东京捡过垃圾，在大阪当过民工，什么脏活累活都干过，最终因为对社会的不满，走向抢劫这条不归路……另一位主角是一个想自杀的人（徐自动饰），他在赌场中输掉了公款 20 万，最后一把，当骰子掷向空中时，他面前还有 100 万，可仅仅因为那一念之贪，他输掉了自己的全部家当。而他的老板也是一位尖酸刻薄的人，他之前因为算账算错一块钱，就被老板惩罚当着全体员工的面认错……而这两个人撞在了一起，一个仇视社会，一个抱怨命运不公……

为了这一出戏，剪刀禹和徐自动可谓费尽心思。当时一听说联欢晚会的事，剪刀禹和徐自动就开始谋划演一出戏。想好了大概情节，并分好工之后，他们只要训练完，有点时间就进行排练。队列训练的休息时间、中午午休的时间、晚上睡觉的时间、早上刷牙的时间、中午洗碗的时间……只要能抽出一点儿时间，就抓紧练。甚至为了一个表情、一个语气练上多遍。可谓是"为人性僻耽佳句，语不惊人死不休"。

安苯酚和椭圆梭与他们是截然相反的。安苯酚和椭圆梭是两个完全没有才艺的理科男。如果执意问他俩的才艺，那他俩除了拥有吹口哨和五音不全的歌唱技能以外恐怕其他的就没有了，他俩只是吃瓜观众。

然而，天公不作美。这天早晨，天空中就下起了小到中雨。这场雨给人的感觉是"悲欣交集"。欣在下了雨，可以不用训练了；悲在下了雨，联欢晚会泡汤了……剪刀禹和徐自动感到有些灰心丧气，毕竟他们已经为这个联欢会准备了好久！

晚上，男生宿舍的学生们开始聚在一起玩了起来。117 宿舍和 115 宿舍的同学在一起打狼人杀。剪刀禹是老玩家，擅长揣测说话者的心理活动，并且从话与话之间寻找说话人的漏洞，从而逐个击破并带领团队走向胜利。打了几局之后，大家似乎都觉得无聊了，便决定换一个游戏。

"咱们要不玩儿捉迷藏吧。"椭圆梭提议。

"你有病啊，都多大了，还捉迷藏？"安苯酚说。

"你这个提议有些朴实无华。"徐自动说。

"哈哈哈哈哈。"剪刀禹无语地笑道。

"我觉着咱们可以换一种玩法嘛。你看，咱们两个宿舍有 8 个人，咱们一个宿舍一个队伍，一个队找，另一个队抓。这宿舍楼这么大，厕所啊、宿舍啊、水房啊都可以藏。再说了，今天晚上这么轻松，没有训练任务，光靠聊天和打狼人杀也打发不了啊，对吧，同志们？"椭圆梭劝说道。

眼看 115 宿舍的哥儿们有些心动，椭圆梭继续说："而且，这儿人这么多，这么多的地儿可以藏，有足够的时间去找，多有意思！但是只能躲在宿舍区不能出去啊！"

"哈哈哈！那咱们就玩吧！" 115 宿舍的人全部同意。

"那你们选出来一个人和我石头剪刀布，谁赢了谁藏起来。" 椭圆梭说。

椭圆梭赢了。

"那咱们就先一起去水房，然后你们把眼睛蒙上，大声倒数 10 个数之后，就可以来找我们了。" 椭圆梭说毕，115 和 117 宿舍的人一起前往了水房。

"10、9、8……"

"咱们去哪儿啊？" 剪刀禹问。

"那躲宿舍去吧！" 安苯酚说。

"去 109 宿舍吧！那儿离咱们最近。"

"离得太近了，要是被发现的话，不到 5 秒钟咱们就被一锅端。我看，要不咱就回咱们宿舍吧，他们肯定不会想到咱们回自己宿舍的！" 椭圆梭说。

"同意！出发！"

"那咱们就把咱们宿舍的门留一个小缝，便于观察。我来把门，你们先躲起来！" 徐自动说。

宿舍门旁边就是椭圆梭和剪刀禹的床，椭圆梭是上铺。椭圆梭躲到了自己的床上。此刻，徐自动掏出手机，将手机的摄像头微微露出了门缝，这样一来，他不用把脑袋探出去就可以观察到门外的状况，还巧妙地避开了被人发现的危险！哈哈！机智的徐自动！此刻，在屏幕上：远处四个男人，出了水房，他们在一起交头接耳过后，便分头行动了，一个一个逐一排查全部宿舍。

"哥们儿们，他们正一个一个排查宿舍呢！"徐自动直播着"敌军"的情况。

"咱玩点儿刺激的不？他们不是得排查宿舍吗？当他们进宿舍排查的时候，咱们趁机溜出去，都躲在他们排查过的宿舍里，这样他们就永远找不着咱们了！"椭圆梭提议。

"不成，这风险太大了，这可不是押宝，万一被发现了咋整？而且，今天本来就下雨，外面全是湿脚印，咱一急，一跑，一摔咋办？"剪刀禹十分沉着冷静的考虑让大家折服。

"嘘……你们小点儿声，别让他们听见了！他们快来了，你们藏好了啊！完蛋了！来了，来了，马上该轮到咱们宿舍了！"徐自动说完，立刻把房门关上了。

"咱给他们准备点儿惊喜吧，他们进来我扔给他们一只袜子。"椭圆梭说。

"来来来，梭哥，把我袜子给你，我这个味儿正点，一看就不是假冒伪劣的臭袜子。"安苯酚毛遂自荐。

"砰砰砰！"一阵敲门声响起。

"不成，你得抓着我们才算你们赢！"徐自动说。

门外没有回声，但敲门声却越发激烈起来，仿佛地震了一般。在徐自动开门的一瞬间，椭圆梭将安苯酚的袜子扔到了进门人的脑袋上，但定睛一看，那人不是115宿舍的人，而是亲爱的李教官。李教官说："117宿舍赶紧出门集合，有紧急通知。"说完便立即走了。

"完蛋了……这回闯祸了……这可咋办啊？军训最后一天把袜子扔教官头上了……"椭圆梭开始着急起来。

"依我说啊，你还是向李教官好好道歉，咱教官人挺好的，不会狠狠批评你的。" 剪刀禹提议。

"好。"

来到宿舍楼前的平地处，男生宿舍的全体男生都出来了。此刻，雨已经停了。在这微冷的夜晚，全体男生已经蹲在了平地上，而队伍前已经有两位表情严肃的教官，正跨立在队伍前。

"今天晚上，把大家叫出来，就是为了查清楚，这玻璃是谁打坏的。" 其中一位张姓教官指着宿舍楼旁的玻璃碎渣说。大家抬眼一看，正是二楼某宿舍的窗户已经豁开了口子……此刻，整个方阵都沉默着，没有窃窃私语声，静悄悄的，连彼此的呼吸声仿佛都可以听见。

"都不说话，是吧？好，那你们就这么蹲着。还是那句老话，一人感冒，全家吃药！" 张姓教官继续说。

大约十多分钟过后，方阵后有一位戴眼镜的男同学支支吾吾地站起来承认了是他把玻璃打碎的。原来，他们是因为在宿舍里玩扔沙包，把铅笔盒当成沙包使，结果他下力过猛，导致砸碎了玻璃。当然，他免不了赔偿的处分！记过？违纪？这倒谈不上。教官还是很仁慈的，最后一天了，彼此都很珍惜之前的时光！

椭圆梭不好意思地走到李教官面前，心直跳，而且脸也好像僵住了一般，说："教官……抱歉，我……以为刚才进来的是我同学，没想到是您……"

"多大点事儿，回去好好休息，明天接受你们学校领导和部队首长的检阅。"

第三章　妙趣横生的窦老师

军训过后，9月2号，学校正式开学了。住宿生是在9月1号下午2点到校的，因为住宿生需要领取床上用品以及整理床铺，所以得提前返校。

椭圆棱背着书包，手里推着一个行李箱，对住宿楼内写着"住宿老师"门牌的一个房间里的人问道："老师您好，请问205宿舍在哪儿?"

一位约莫60岁的男人，戴着眼镜，紧盯电脑屏幕，时不时还爆发出几声大笑，一看就是性情中人。他房间的床上被子叠得整整齐齐，床的旁边放着一个指挥架，指挥架上有一本摊开的乐谱，呈现的是俄罗斯歌曲《莫斯科郊外的晚上》的五线谱。指挥架旁有两个沙发，一个沙发上放着一个大黑袋子，里面装的是什么就不得而知了，应该是一种乐器。大号? 不对，袋子整体是一个立方体结构，大号是长的，肯定不是。口琴? 口琴怎么会用那么大的袋子装……电脑旁的书桌上，则工整地摆放着一本字帖，是王羲之的《草诀歌》。

这个男人听见椭圆棱的询问之后，向门口看了一眼，对椭圆棱说道："哈哈! 你是第7位到的同学。205宿舍就在上面，先上楼梯，直走左手边就是了。对了，我是你的住宿老师，我姓李，李怀梦!"

椭圆棱向李怀梦老师微笑致谢之后，来到了自己的宿舍。门上贴着一张名单，一共6个人，椭圆棱、剪刀禹、安苯酚、徐自动、段潇波、王钰。宿舍长是椭圆梭。

宿舍大约 15 平方米左右，一共有 6 张床，也就是 3 个上下铺。房间的北边有一扇窗户，打开窗户就能望见学校的操场。每一个人有一个储物柜，柜子里可以放些杂物，床上也有架子，可以放一些书。不到一会儿工夫，椭圆梭就铺好了床单，套好了被子。

"嘿嘿，那仨臭小子还没来，幸亏是跟他们一宿舍，不然，开学又得花一段时间来熟悉。"椭圆梭心里想着。

段潇波这个人椭圆梭以前没听说过，要说知道也是从班级花名册上知道的。王钰却让他印象深刻。在初中时，王钰和安苯酚、徐自动都是同班同学，他的成绩出类拔萃，是以中考裸分成绩排名学校初中部第一进入本校高中部的。他对化学、物理非常感兴趣，为人十分低调、谦和，没有架子。

那时，王钰在实验班，椭圆梭在普通班，他们之间偶有交际。那时，学校除了实验班、普通班，还有非派位班。实验班的学生是通过提前招生考试进入的；非派位班的学生是通过择校进入的；只有普通班的学生是按照划片，电脑派位进入的。现在，王钰成了他的同班同学。

整理完内务后，椭圆梭准备前往教室，集合报道。他是初升高时签约本校进入 1 班的，俗称前班。当然，即便签约了，也不是万事大吉，最终还得看中考成绩。椭圆梭是高出学校中考录取分数线 20 分的。学校里有两个前班，是 1 班、2 班，也是学校师资力量配备最强的班。这两个班的实力不可小视，每届的这两个班，高考成绩基本上是百分之百进入一本重点大学。3 班、4 班是学校的实验班。5 班、6 班、7 班、8 班、9 班是普通班。

1 班的班主任兼数学老师叫马艳，语文老师叫窦新生，物理老师叫陆敏，化学老师叫高雅，英语老师叫黎娟，历史老师叫石岩，地理老师叫高雪菘，政治老师叫赵传。由于高一没有分文理科，因此学生们文理科都得学。

开学第一课是语文课。打过上课铃，走进一位男老师，虽然个子不是非常出类拔萃，但是身体却很壮实，可以叫作"海淀詹姆斯"吧！头发不长不短，说有刘海吧，但额前的那绺头发也没过眉毛；说没刘海吧，那绺头发也确实不短。他上身穿着一件红色的运动装，下身是一条黑色的裤子，脚上穿着一双黑红色的运动鞋，走起路来非常轻快，一看就像是一个练家子。

"大家好，我姓窦，不是斗地主的斗，是上面一个'穴宝盖'，下面一个'卖'的那个窦，我的全名叫窦新生，是大家的语文老师。大家是不是经常觉得，不知道语文该怎么学，不知道语文答题怎么答，觉得语文答题都需要套路，只要套路对了，就能拿高分？"窦新生老师站在讲台上说着。

坐得笔直的梁云暄举手想要回答问题，窦新生老师看着他问："你有什么要说的吗？"

梁云暄说："老师，我认为语文是一个感性的学科，不像理科。有句话说得好，一千个读者就有一千个 Hamlet（哈姆雷特）。"

梁云暄故意把"Hamlet"念得十分抑扬顿挫（梁云暄的读法为：hàmǔlèitè），不过却总是感觉有点"刻意"。"所以，我觉得语文考的是自己对文章的认识，而并非所谓的套路。"梁云暄接着说。

"好。其他同学有什么想法吗？"窦新生老师摆手，示意梁云暄坐下。

另一位举手的是赵钊。赵钊性子急，做事容易冲动，但例外的是他打篮球的时候却从来不冲动。他平时爱整理自己的发型，穿潮流的衣服和鞋子，就因为这事儿，在军训期间可真是火了一把。军训的第一天，他不穿军训的服装，穿起了自己的衣服，结果被一个领导模样的教官看见了，把他叫到面前，问："为啥不穿军训的衣服？"

"不好看。"

"不好看就可以不穿了？"

"不想穿。"

"蹲下！蹲到直到你觉得军训的服装好看了为止！"

结果赵钊还真的面对那位领导教官蹲下了，那样子就像求婚一般，大家纷纷笑了起来。

"老师，我觉着他说得不对，语文考的是对文字的认识和把控，因为有些时候，我们读不懂文章啊，比如说，去年海淀一模的试卷阅读题里问到的'那一代的清风明月指的是什么意思'，我怎么知道他指的是什么意思。读不懂文章，那咋整啊？"赵钊有些想要"怼"梁云暄的意思。

"好，你坐下。"窦新生老师示意，接着问，"还有其他同学有想法吗？"

"老师，我认为语文其实考的就是对作者写作意图的把控，任何一句话在文章中出现都是有作用的，不然就像鸡肋一样，食之无味，弃之可惜，对文章整体毫无营养可言。比如一个环境描写，就写一个太阳，它可能暗指主人公的心理像太阳一样灿烂，或者主人公有些太阳一般的激情和热血，但也有可能是暗指夕阳红，年华易逝……您觉得有道理吗？"李晨说。

李晨初中也和安苯酚、徐自动是一个班的。李晨是班里的积极分子，当时初中成立学生会，他立即报名，打算竞选学生会主席，但最终学生会主席却让另一个班的汪泽熙同学担任。汪泽熙在初升高时，也考进了本校高中，现在 2 班。而李晨最终当上了学生会宣传部部长。

窦新生老师点了点头，示意他坐下。

这时，窦新生老师说："同学们说得都很有道理，现在我来说说我的看法。我认为，同学们都是性情中人，这是往好了说。往差了说，你们做题就是瞎做。大散文阅读是很多同学的痛处，为什么会这样？咱们平时学习要问为什么。问了为什么还不够，还要找一个正确的解决方法。20 世纪 90 年代有一个教育家发现，当然这也是你们大多数学生的问题，每次考完数学过后，都有同学抱着脑袋说：'哎呀！这个题我不该错！是啊！3 乘 3 你知道是 9，为什么考试你要写成 15 呢？'在美国的教育里，美国学生每到 15 分钟，老师就要像圈羊回羊圈一样，向学生摆手说：'看我这儿啊。'把学生的注意力吸引回来，这是因为美国原来 15 分钟就插播一条广告，学生的注意力不集中。你再看看，你数学算错数是不是在考试 1 个小时以后出现的错误？咱们的上课时间是 45 分钟，也就是你的注意力集中程度在 45 分钟内是最佳的，过了 45 分钟就很难集中了。有的同学对于算错数采取的办法是：'我每天做它个 100 道计算题！'这没用，你考试还照样错，你信吗？最主要的是提高注意力的集中程度。这个例子，是教大家在生活中要问为什么，并且找到合适的合理的原因和解决方法。"

窦新生老师说到这，停顿了一下，接着又说："同学们为什么都是性情中人？大散文阅读考察作者情感，看见李白、苏轼就答'贬谪、归隐、旷达'，看见柳永就答'离愁别恨'，做语文要一定的平时积累，但你们也要结合上下文具体分析。人家上文都说了'苏轼想当几天官，为百姓谋生'，你下面答'表达了苏轼对官场的厌弃，对自然的向往'，你不丢分，谁丢分？学语文，学语文，就是得学着读上下文。"

窦新生老师又看着大家问："咱们大家学过语法吗？"

"是定主状谓补定宾吗？"李晨问。

"是，也不全是。定主状谓补定宾，是现代汉语的基本语法结构。举个例子，'帅气的李晨拿着一根火腿肠流着哈喇子走进温暖的教室。'"窦新生老师说到这里，全班同学哄堂大笑，觉得窦新生老师太幽默了。

等全班同学的笑声消失以后，窦新生老师不慌不忙地讲："帅气的是定语，李晨是主语，拿着一根火腿肠流着哈喇子是状语，走进是谓语，温暖的是定语，教室就是宾语。"

"老师，那补语呢？"梁云暄问。

"定主状谓补定宾只是一个一般性的规律，像是你们数学的公式，不代表所有的句子都必须按照这个规律有定语、主语、状语、谓语、补语、定语、宾语……就像你们数学的解三角形，余弦定理、正弦定理也是看情况用的，而不是规定说，这一道题必须用正弦定理，那一道题必须要用余弦定理。具体情况具体分析嘛！"窦新生老师回答说。

"当然，也有一个东西，可以给大家讲讲，它不作句子成分，也就是插入语。英语的插入语我们都知道，比如'By the way'（顺便问问）。中国常用插入语，比较常见的就是国骂——他妈的。鲁迅先生写过一篇文章叫《论他妈的》，'他妈的'就是我们经常用的插入语。原来，我刚毕业那会儿，去了一所不太好的学校，有一次去上厕所，听旁边有俩小孩儿说：'你他妈的带烟了吗？''我他妈的没带。'插入语，不作句子成分，所以你换位置不改变语意。你看你们把'他妈的'换一个位置试试。'他妈的，你带烟了吗？''你他妈的带烟了吗？''你带他妈的烟了吗？''你带烟了吗？他妈的。'是不是不改变语言的意思？"窦新生老师举例完毕，下课铃随即响了起来，然而，他幽默的讲课风格，使得整个课堂爆发出了积攒已久的

我的青春有你

笑声。

第四章　为爱失眠的钰哥

也许是刚刚进入高一的缘故，同学们对高中生活充满着幻想和无限期待。因为高中直逼大学，而大学是高中生们最为向往的校园。

第一天的课程，同学们是在欢乐之中结束的。放学后，走读生各自回家，各找各妈。住宿生则不同，校园的"夜生活"刚刚开始。

椭圆梭、剪刀禹、徐自动、安苯酚从宿舍出来，直奔食堂，去吃晚餐。

没到海淀中学高中部之前，外界传言，说这里的食堂比妈妈的厨房有味道，因此，这里的食堂一直饱受外界学校崇拜。中餐川、鲁、湘、鄂、粤、闽菜，西餐美式炸鸡、意式肉酱面、法式糕点、德式腊肠可谓是面面俱到。食堂做早点的大叔也非常可爱，面点一天换一个外形，小猪脸外形的馒头、小黄鸭外形的蛋糕等等，非常可爱。

椭圆梭祖籍四川成都，口味偏爱川菜。他拿着盘子递给打饭的阿姨，说："阿姨，您好！我要土豆烧牛肉、青椒土豆丝。"

"这么多够吗，同学？"阿姨拿起一只装有饭的盘子，先打了土豆丝，接着打了些土豆牛肉在盘子剩余的空间里，盘子剩余的空间被填得一点空地都没有，几块大牛肉纹理清晰，以黑椒汁浇灌下来，饱满而又富有野性，几块四分之一球形的土豆搭配在旁边，简直让人垂涎欲滴。

"够了，够了，谢谢阿姨！"椭圆梭向阿姨致谢。

"同学，要多吃一点饭，你看看其他菜你有喜欢的吗？"这位阿姨继续问。

"阿姨，可以再多给我加一点儿土豆丝吗？"

"可以。"

这位阿姨将盘子里的饭倒了一些出来。

"Excuse me？"椭圆梭有些不解其意……

接着，阿姨将土豆丝打在刚才盛饭的那个地方，时不时还瞅瞅旁边有没有人，盛完了土豆丝之后，阿姨打了一勺饭，将饭盖在土豆丝上，土豆丝立即被掩盖得严严实实……

"阿姨，谢谢您！"

椭圆梭他们打好饭，四个人围坐在一张饭桌跟前。

徐自动说："我挺喜欢咱们班一女的，而且她跟我还是初中同班同学。"

"谁啊？"安苯酚第一个开始八卦。

"王真兮。"徐自动说。

"依我说，喜欢就上！《真心英雄》里唱得好：'不经历风雨怎能见彩虹？'虽然彩虹是由于光的折射造成的，和下雨这种东西并不是充分必要条件。"剪刀禹说。

"你真给力，刚开学第一天就有目标了，而且是直接向班里的女生下手！"椭圆梭说。

"狗蛋，你为啥喜欢人家啊？"安苯酚问。

"狗蛋？为啥叫狗蛋？"椭圆梭有些好奇地问。

"这个啊……这个说来就话长了。原来初中的时候，我们班举行了一次读书会的活动。安苯酚他们组读的是《假如给我三天光明》，我们组读的是路遥先生的《平凡的世界》。当时我们读《平凡的世界》，就感慨颇多。你说，好好的少安为啥就接受不了润叶呢？你说晓霞多好的女孩儿啊，最后也难逃厄运。最最最让我难以忍受的就是王满银那个二流子，成天到晚逛社会，就一臭名昭著的逛鬼！不对，臭名昭著倒谈不上，就是一闲杂人员。像这种人，老婆瞎了眼，男人死光了？拉他做丈夫。我就心疼兰花啊，上有老下有小的，一年四季又得自己种地，还得自己拉扯孩子。当时我们班同学就开玩笑，说那你当她儿子呗，于是就叫我狗蛋了。咱们话归正传，我是真的喜欢她。"徐自动害羞地说。

"那你为啥喜欢人家啊？"剪刀禹继续问。

"第一，我们初中就是同学，大家都知根知底儿。她本性不是那种浪的人，不浪就是很棒的择偶条件。你们看，现在朋友圈里那么多女生发朋友圈，今天和这个男生出去玩，明天和那个男生出去逛，一天换一个男的出去玩，这像啥话，成何体统？有点儿说不过去啊！敢情那帮男生是搞兼职的吗？兼职陪人玩？第二，她长得不错。齐眉刘海显得清新，红眼镜显得野性，大眼睛显得机灵，小嘴唇显得娇柔。第三，她学习还挺踏实的，虽然初中成绩不是特别出类拔萃，但她一直很用心地在学，这也是很多人不具备的品质啊！"徐自动说。

"你这就是情人眼里出西施呗。"椭圆梭捂着脸说。

"屁，我这是公正客观的评价。"徐自动说。

"好好好，不跟你争，恋爱中的男人都是二级残废，精神上的二级残废。"椭圆梭回应道。

"我劝你，还是别操之过急。这种事儿急不得，要不然人家把你当流氓了。刚开学第一天，你就那样，这不太好吧？"剪刀禹沉着冷静地分析。分析完毕，他将了将自己嘴唇上浓密的黑胡子，仿佛在显摆他"嘴上有毛，办事儿牢"。

"兄弟们别瞎扯了，快点儿吃！现在都 6 点 20 了，还有 10 分钟该上晚自习了！"安苯酚说。

四个人像比赛似的吃着晚饭，不到 5 分钟就吃得盘底朝天。

从食堂出来，他们直奔教室去上晚自习。学校的晚自习是组合式的。住宿生必须上晚自习，走读生根据自愿的原则上晚自习。由于晚自习的同学有限，因此，上晚自习的同学不是按照班级来划分的，而是一个年级组合在一起。

第一节晚自习之前，住宿部主任张琴为大家简单地讲了有关住宿部管理的规章制度。她讲完后，看晚自习的安静老师补充了几句晚自习的规章制度。

安静老师烫过的短头发打起卷卷显得十分雷厉风行，那一双眼睛炯炯有神，极具杀伤力和震慑力。她讲的大体意思是"晚自习不能玩手机，晚自习不能交头接耳，晚自习不能相互讲题……"

9 点 45 分，晚自习结束，剪刀禹、徐自动、安苯酚、椭圆梭、段潇波、王钰回到了宿舍。

椭圆梭刚到宿舍，就被宿管老师李怀梦喊住了："椭圆梭，你给我过来。"

李怀梦老师把椭圆梭带到了西边水房。此时，水房里站了七个男生，各个面色沉重。

椭圆梭看着其他同学，心里泛起嘀咕："不对啊，我也没犯什么错啊，被子没叠好？"

突然，李怀梦老师猫着腰笑起来，把胳膊交叉起来，说："哈哈！我是跟你们闹着玩的。你们没犯错误，别那么紧张。今天，把大家叫到水房来……"

"哎哟，我这胳膊有点儿不舒服，人老了啊……这手老酸酸的，就是拉手风琴给拉的。你们看看我这手，是吧，布满了老茧，饱经风霜。我年轻的时候，还捡过破烂，以捡破烂为生，大家都叫我乞丐王子！"李怀梦老师惟妙惟肖地模仿着尴尬难堪的神情，活像一个孙悟空，整个水房哄堂大笑，气氛一下子活跃了起来。

这下，椭圆梭仿佛明白了，今天返校时，在李怀梦老师的办公室里看见的黑色大袋子里，装的就是——手！风！琴！

"咱们别跑远了啊！这都怪我，我这个人思维比较发散，是吧？聪明的人思维都发散！我今年都年过九十了（实际上才六十多一点，李怀梦老师特别爱用自嘲的方式开玩笑），还这么聪明！大家都是各屋的宿舍长，今天把大家叫到这里来就是为了跟大家再一次强调一下咱们的宿舍纪律，晚上熄灯之后不准玩手机，不准瞎聊天。还有一个就是值日问题，宿舍的卫生问题，一定要日日清，每天都要做值日。好了，今天要跟大家说的就是这些，大家回去通知到位。"李怀梦老师说完，得意地走了，一边走一边做出拉手风琴的架势，活脱脱的一名艺术家。

椭圆梭回到宿舍，就开始传达李怀梦老师的讲话。他建议说："来来来，同志们，咱们商量一下，刚才李老师把我叫过去说值日的问题，其他宿舍都是一人做一天值日，咱们要不然就一个人做一周值日吧，这样第一有新意，而且六周才轮一次值日！"

大家躺在床上，一致认同。10点20分，学校准时熄了灯。

窗外，不知什么时候下起了雨。雨点打在窗户上，雨声既像是不久前慷慨激昂的军训歌曲，似乎在为同学们的学习征程加油鼓劲，也像是一首催眠曲，渐渐地，把大多数同学带入了梦乡，但王钰除外。

这一夜，他失眠了。他满脑子里想的都是与催化剂相关的学科内容，比如无机催化剂、生物催化剂。然而，常见的催化剂包括"新鲜的猪肝研磨液里的过氧化氢酶""三氯化铁和氯化铜作为过氧化氢的催化剂"，甚至还有实验探究"三氯化铁和氯化铜是氯离子起的催化作用还是金属阳离子起的催化作用"……但在内容丰富、博大精深的化学里，催化剂却不止包括这些东西，就像有人说"嘿！你心真黑！"说的不是你心的颜色是黑色这表层意思，而是说的另一个深层意。当然，催化剂还应该包括爱情。

爱情这一门催化剂，会让青涩懵懂的学生走向半成熟，由一个青苹果，逐渐在乙烯和脱落酸的作用下，长成一个红苹果，让学生渐渐读懂时代的变迁和人心的改变。

王钰在学习上是努力上进的，对学习的情感投入也是专一的，但在情窦初开的年龄，他的爱情似乎没有学习上那样顺风顺水。

作为一名 16 岁的男生，在进入高中之前，王钰就谈过一段"恋爱"。他的前任叫顾子仪，今夜失眠，可能是因为想她了。

中考完当天，当王钰点进顾子仪的 QQ 空间时，他看到一个男生给顾子仪亲密的留言："宝宝，中考完了一起出来玩怎么样啊？"顾子仪回复："好啊，那就晚上见咯，电话联系哈！么么哒！"这条留言就像一条坚硬的银质尖锥插进了王钰内心深处，让他喘息不得。瞬间，他的血压迅猛上升，头顶也快要冒出了青烟，心跳在急剧地加速，脑袋像是掺和了水泥，越来越黏稠，他感觉天旋地转，如一团炸药，瞬间就要以动量守恒的定理爆发出来了！

王钰备感失落，他想起了汪苏泷唱的那首《不分手的恋爱》，这首歌估计也是唱出了他的心声，他甚至悄悄在心底哼唱起来：

找寻我们一直找不到的

缘分被捆绑

感觉不到你为我坚强

感觉得到你对我说谎

我安静听着肖邦

用维也纳忧伤……

继而，他疑问着，如今，一段正正经经年轻人的恋爱真的这么困难吗？我们的爱情应该是纯洁的、美好的，我们的爱情不需要房子车子票子，我们只是简单地爱对方。

王钰躺在床上，辗转反侧难以入睡。他想起了初二下学期时去中央财经大学打篮球。。

王钰在中央财经大学打篮球时，结识了一位即将研究生毕业的大哥哥。那位大哥哥说，他快要结婚了，打算明年毕业即结婚。

"哥哥，那你求婚一定很浪漫吧？"王钰问。

"哼！浪漫？重要的是房子。其实还是你们这个阶段的恋爱更加单纯一些。你有女朋友了吗？"

"有了。"王钰有些不好意思地说。

"那就好好珍惜吧。"

那一段对话的场景还历历在目，那个顾子仪还在，可原来的顾子仪已经消失了。真可谓：年年岁岁花相似，岁岁年年人不同。问君能有几多愁，恰似一江春水向东流。

"高中阶段，坚决不谈恋爱，努力学习，努力拼搏，争取高考取得好成绩，进入自己梦想的大学。"窗外的雨还在"哗啦啦"地下着，尽管雨声越来越大，但王钰的内心却渐渐趋于平静，他在心里告诉自己。

这时，王钰又想到了在一个博客上看到的一个母亲写给儿子有关谈恋爱的一段话，也很受启发：

班上有喜欢你的女孩是非常好的，你喜欢人家也是正常的，只是现在你还小，应该以学习为重，不能因为喜欢某人或者被某人喜欢，而放松了对自己的要求。要知道，人生的路还长，现在的女孩说喜欢你，只是暂时的，当你以后学业有成、事业有成，那时，喜欢你的女孩更多，你选择的空间更大。相反，如果你不求上进，在幼小的年纪就进入恋爱的话，不但荒废了时间，也会影响学业。当你以后没有取得好成绩时，这时喜欢你的女孩也会离你而去的。所以，孩子，一定要把握当下，好好学习……

第五章　挑战学校的记录

　　"大家快起床，起床上茅房。被子要叠方，地面不要脏。上完茅房去食堂，行了，快点儿起大家!" 欢快的李怀梦老师吹起了起床哨。

　　同学们应哨而起，拿着洗漱用具，前往洗漱间。在那里，竖耳一听，不远处却传来韩国组合"Big bang"的单曲"Sober"，仔细一听，原来是从李怀梦老师的房间里传来的。

　　同学们一边洗漱，一边忍不住哈哈大笑起来。

　　王钰和段潇波最先洗漱和整理完内务，他们先去食堂吃早餐了。接着是椭圆梭和剪刀禹，他俩一路说说笑笑来到食堂。安苯酚和徐自动不想去食堂吃饭，就托王钰和段潇波给他们带点早餐回宿舍。

　　椭圆梭和剪刀禹打好饭菜，找个地方坐下。

　　"禹儿，你打算进学生会吗?" 椭圆梭一边吃早饭，一边问剪刀禹，在说"禹儿"这个词的时候，故意把"儿"字语气加重，椭圆梭在占剪刀禹的便宜，称他是自己的儿子。

　　学生会有主席团、外联部、组织部、宣传部、体育部，每年9月新生入学后进行招新。一般来讲，高一刚加入学生会的成员是不会竞选主席、部长的。高一新成员只是学生会的干事，跟着部长学习各部门工作流程、规章制度。各部部长都是高二的同学出任，而到了高三，学生会成员就都要卸甲归田，好好学习，备战高考。

学校给学生会的待遇非常好，给学生会配了一个办公室、一张崭新的木质办公桌、两台空调，一台是壁挂式空调，一台是"站立式"空调，还有两台液晶电脑。学生会的现任主席是徐浪枫，组织部部长慕容皓与，学生会副主席兼外联部部长是徐浪枢（徐浪枢和徐浪枫是一对双胞胎兄弟），宣传部部长是张天一。

"有这个想法。"

"那你打算进啥部门？"

"我啊，我打算进组织部。"

"为啥想进组织部？"

"你看，宣传部，我文艺细胞不成。外联部吧，我这个人天生的认生，搞不了外联，万一因为我砸了学校的招牌这就不好了。主席团吧，我觉着我又没那能力，那就只好进组织部咯。"

紧接着，剪刀禹又问椭圆梭："你有啥想法吗？"

"我啊，我想进外联部。我觉着外联部和外交部一样，特别有风度。你看咱们国家的外交官，他们在面对中外媒体记者提出的问题时，淡定自若，沉着冷静地回答，多有气魄啊！"

"我觉得啊，你这性格也适合去外联部。"

"那今天中午学生会招新咱们就一起去呗。"

"准了。"

午饭后，剪刀禹和椭圆梭前往招新处，填完表格，接下来几天过五关斩六将，笔试、面试都通过了，顺利地成为了学生会的一员。

时间一天天过去，转眼到了 9 月 30 日。海淀中学迎来了秋季运动会。秋季运动会需要全校学生参与，包括高一、高二、高三的所有学生。

剪刀禹的体育细胞几乎为零，唯一能和体育稍微挂上钩的就是略为精湛的篮球技术。剪刀禹的打球风格像"老年"的球员。野球场（不是棒球场，是篮球场）有四大怪物"灵活死胖子""矮壮篮板怪""勾手老大爷""高瘦远投王"，剪刀禹显然就是"勾手老大爷"这种类型，速度、弹跳、爆发力等都远低于正常水平，但断你球就是断得你没脾气，球商堪比爱因斯坦，虽然身体素质不行，但在1V1时，却可以吊打徐自动、安苯酚、椭圆梭的"组合体"。由于其打球爱用术语"转换进攻""溜底儿""断他""切他"……以及他的最爱——NBA的圣安东尼奥马刺队，故被同学们戏称为"球场波波维奇"。

安苯酚与之相比则是一名名不见经传、深藏不露型的球员，运球技术几乎是小学二年级水平，但其投篮技术却可以达到大专或者本科水平，直接迎着你的防守就射你一发，球在空中划过一道弧线，"刷"地入网，就好像根本不把你的防守放在眼里。

徐自动的打法则是比较单一、传统，他的招牌动作是胯下左换右，换到右手边之后再用一次背后到左边，直接把你过掉，然后上篮得分。

椭圆梭与他们相比除了身高矮点之外，是身体条件最棒的。他初中时，连续三年拿下了200米和800米的双料第一，爆发力强，速度快，耐力好，弹跳好。所以，他打球没有固定的章法和模式，一般不做假动作，不晃人，和原来的NBA球星罗斯的风格比较像，拿球直接靠速度过你，过掉你，没脾气。矮个子怎么称霸球场？虽然骑士的当家巨星Kyrie Irving（凯里·欧文）不是一名矮个子，但他已经诠释了这个问题，就是上篮的出手方式的变化。拉杆、换手、背后换手，为了让自己的进攻端选择更加丰富，椭圆梭甚至还疯狂地练习左手……但无论如何，椭圆梭的技术都还没有达到极致。

这次运动会的个人项目，四人之中只有椭圆梭和徐自动参加。椭圆梭报名参加了1000米的长跑，徐自动报名参加了100米短跑。长跑是椭圆梭的强项，他知道拿第一的秘诀就是："一开始就跑到第一，后程发力都是扯，因为不是专业运动员，肯定没那个心性和耐力。"而椭圆梭的标志性动作就是：在跑到了第一名之后，路过观众席时向本班的同学抛飞吻。海淀中学1000米的校记录是3′06″66‴，面对这个纪录，椭圆梭早已夸下海口，扬言要破掉。

"梭哥，这回1000米全靠你了啊！个人项目拿冠军，团体总分加5分，破纪录加20分。你要破个记录，咱们总分团体第一就很有希望了啊！"1班班长兼体育委员李晨在洗漱间，一边刷牙，一边对椭圆梭说。

"我觉得破纪录有戏，我中考的1000米是3′11″嘛，我觉着没问题，交给我！我要没破纪录，我自愿绕操场裸奔一圈，但我下面得穿裤子啊，上面脱了而已！"

"听你这句话我就放心了！梭哥，您肩酸不酸？我给您揉揉肩？"李晨开起了玩笑。

"哎哟，您跟我这么客气，我都害羞了。我肩不酸我的哥，我就是脚不舒服，就是大拇指和食指中间那块儿，你给我搓搓脚，然后，你不是带牛奶了吗？你给我搓完脚之后，你把我洗脚盆接点儿热水，然后倒点儿牛奶，我泡个牛奶脚呗。"

"喳。"李晨左手拍了下左腿，右手又拍了下右腿，右膝微弯，来了个半蹲动作，就像太监一样，毕恭毕敬地回答道，接着就要去施行。

椭圆梭看着他一脸认真的样子笑道："哈哈哈，你个智障，跟你开玩笑的。放心吧，1000米交给我。"

"梭哥，别人我不服，我就服你。人家跑完1000米跟死了一样，你跑完1000米跟吸毒了一样，精神矍铄。"

"哪里哪里，你洗漱完先走吧，我思考思考人生。"

椭圆梭站在洗漱间里，像是面壁思过一般，叹着气：唉，1000米这种东西谁都不愿意跑，谁跑完都累。跑完1000米的人，气儿喘不匀，鼻子不舒服，胸腔不舒服，心脏那块儿像是有什么东西给堵住了一般，浑身上下的肌肉都处于酸疼状态，因为在细胞质基质里进行了无氧呼吸的乳酸发酵，产生了乳酸。谁要真是1000米跑了下来跟没事一样，我佩服他，我给他磕头。就算奥运冠军或者田径钻石联赛的1000米冠军跑完了不也得叉着腰、弯下腰喘喘喘吗？我又不是神仙。非专业人士的1000米就是比谁挺尸更能挺一些，只要坚持下去，肯定能拿个第一的，但问题是，谁都不愿意坚持，可不就是我拿第一了吗？

运动会中，入场式是一个重要的组成部分。1班的入场式突出了前班的特色。他们的入场式是这样的：由李晨在方阵的最前方领队，队伍中由赵钊喊口令。队伍行进到主席台时，全体停下，并蹲下，然后先对主席台唱一首由椭圆梭改编的《如果有来生》里的一段：

前班的学子来跑道边（我们去大草原的湖边），来参加运动会（等候鸟飞回来），别看我们是学霸（等我们都长大了），一个顶你们俩（就生一个娃娃），长跑短跑跳高跳远（他会自己长大远去），我们都样样擅长（我们也各自远去），我们得冠军（我给你写信），你们都没戏（你不会回信），就这样吧（就这样吧）！

在唱歌的途中会有两架遥控飞机飞起，同时带动一个条幅，上面写着"德高未为富贵堕，才具攻坚造弹星"。待到飞机稳住在空中之后，前排的同学便举起四个字"精忠报国"。

当然，光有前班特色还不行，还得有学生自己的特点。在这个过程结束以后，全体起立，一起大喊三遍："天王盖地虎，都上985；宝塔镇河妖，至少211！"不必说，1班的入场式绝对是鹤立鸡群，赢得了最高分，接下来就是紧张而又刺激的体育比赛了。

"不成，琦儿你有手纸吗？我肚子不舒服，我去上个厕所。"椭圆梭对同班另一名1000米参赛选手陈琦说。

"给你，你赶紧去啊，1000米还有10分钟就开始检录了。"

"不着急，老规矩，比赛之前上个厕所，缓解下心情。"椭圆梭不慌不忙地走进厕所去一泻千里了一番。

走出厕所，他发现1000米的选手已经站在了起跑线上，发令员还在调整发令枪，椭圆梭的脑子里仿佛放置了万把古筝，此刻开始齐鸣！所有的琴弦都以相同的频率共振，嗡嗡嗡，嗡嗡嗡，扰乱了椭圆梭的心绪。

椭圆梭二话不说，直接对身旁的一位同学说："哥们儿，我的参赛号码是616，你帮我去检录处检个录，就说我刚才肚子不舒服，去了卫生间，所以没来检录，我这直接去比赛了。谢谢啊！"

说完，椭圆梭立即跑向起跑线，终于赶在发令员发令前到达了起跑的位置。

"砰！"一缕青烟划过天际，起跑线上的运动员开始起跑啦！此刻，主席台上的广播声不绝入耳，他们在播报各个班给运动员的加油词。

"加油，小C，加油5班！"这是来自5班的加油词。

"前班，势不可当！加油，前班！加油，椭圆梭！加油，陈琦！"

"金风送爽，秋收冬藏，学生会预祝本次运动会取得圆满成功！"

北京是温带季风性气候，夏季高温多雨，冬季寒冷干燥，秋冬季盛行西北风。在中考时，椭圆梭跑 1000 米的宗旨就是一开始就跑第一，然后一直保持、保持、保持，也就是挺尸、挺尸、挺尸！但在看过电影《破风》之后，他打算改变策略。《破风》是一部以自行车赛为主题的电影，"破风"这个名字就取自于自行车队里的一个关键角色"破风手"，破风手的职责就相当于篮球里的控球后卫，破风手在前为冲锋手挡风，保存冲锋手的体力，便于冲锋手在比赛的最终时刻进行冲刺。而受到"破风手"的启发，椭圆梭决定这回比赛改变策略，一直当第二名，等到最后 200 米的时候，进行冲刺，超过第一名。

第一圈椭圆梭一直是第二名，第一名是 5 班的张希成。张希成在比赛前就听说过椭圆梭在初中时一直是长跑冠军的事，所以比较紧张，跑步时不时往回看。

由于椭圆梭身为一名热衷于数学的人，自然是心思缜密，他知道张希成紧张这一点，而且更想利用这一点。他紧跟张希成，和张希成只差一两米时，张希成加速，他也加速；张希成减速，他也减速，导致张希成不到 10 秒钟就要往回看一次。

这样看一眼对于非专业的长跑运动员自然是很奢侈的，每一次回头就浪费了一些体力。终于，在最后 200 米时，椭圆梭将张希成超越，跑到 1 班的看台时，椭圆梭沉着冷静地对大家抛洒了两个飞吻。

看台上的同学们，一半举着胳膊给椭圆梭加油助威，一半在拍照的同时举起大拇指。椭圆梭由衷地感到：他不是一个人的战斗！

1 班的班主任马艳老师自始至终在终点处等着椭圆梭。在最后一个直道，椭圆梭没有力气冲刺了，但他一直保持着匀速。当他回头看了一眼张希成，对方与他已经拉开了半圈的差距，他放心了。

此刻，虽然天气不冷不热，但椭圆梭的腿已经酸胀得不行。天上的太阳还十分火辣，让他几乎很难睁开双眼。看台上，沸腾的声浪此刻像进入了水中上下摆动，忽大忽小，椭圆梭摆着僵直的胳膊，嘴和鼻子都用来喘气，他贪婪地大口呼吸着。他在冲过终点线后，稍微停息片刻，就趴在了地上。此时此刻，他只想趴在地上好好休息，但他还是非常关心成绩的，问："我……我时间是多少？"

"3′05″。"裁判员说。

"我……破……破记录了……"椭圆梭高兴地、结结巴巴地说。

等到 1000 米所有参赛选手都陆续冲过终点线后，1 班的同学们跑向椭圆梭，向他欢呼，向他喝彩。

在高中时代，若能破一次校记录，必定是一次光鲜而又璀璨的经历。每一个记录的保持者都会载入校史。在每一次运动会前，学校都会给每个班级发一个花名册以及学校运动会各项目纪录的保持者姓名以及该纪录产生的时间。

圆梦破纪录，椭圆梭不用绕操场裸奔了！同学们将他举起，往空中一掷，然后接住……这就是美妙而带有魔力的运动会！

第六章 爱情就像催化剂

椭圆梭在运动会上取得了优异成绩，而他的哥儿们徐自动在如火如荼地谈着恋爱。

初秋时节，给人的感觉总有些寂寥。唐代诗人刘禹锡在《秋问》中也写道："自古逢秋悲寂寥"，但徐自动的心里却是："我言秋日胜春潮。"他是小鹿乱奔，情窦初开。

记得在开学第一天，徐自动、剪刀禹、椭圆梭、安苯酚一起聊天，当时，徐自动向另外三个单身狗激动地表达了自己对于王真兮的喜欢以及发自内心的赞美。他那澎湃激昂的表白，让大家不禁想起《平凡的世界》里，金波面对那位军马场的藏族姑娘，一墙之隔，汉、藏语对唱《在那遥远的地方》。终于有一天，金波再也按捺不住，偷偷溜出军营，寻找那位藏族姑娘，果真和他想象的一样，洁白的牙齿，可爱的、富有朝气的高原红……

徐自动当时的表白就如同金波对藏族姑娘一样。时至今日，徐自动已抱得美人归，回想起那些追求王真兮的时光，徐自动可谓是暖男一枚。

每次体育课下课后，徐自动都会对剪刀禹和安苯酚说："你们先打着球，我先走了啊。"两人是一头雾水，也不知道他干什么去了。后来才知道，原来是给王真兮买水去了。

徐自动这个工作做得可真够到位的。他为了知道王真兮喜欢喝什么水，跟踪过对方多次，也花费了不少时间。他想，如果直接问王真兮本人的话，显得太明显，不好意思。如果问王真兮的闺密，又觉得容易被王真兮闺密看穿。

徐自动在悄无声息中不仅了解到了王真兮喜欢喝哪种水，同时也知道了她喜欢吃芒果和芒果干。对于这点，他恨不得直接打"飞的"去海南给王真兮买个 200 斤芒果回来。

除了体育课后给王真兮买水，徐自动为了"强行制造"缘分，还打听到了王真兮课后去的补习班。他打听补习班这一招更绝，直接跑到培训机构的前台，跟前台的老师说，自己叫王真兮，忘了上哪个班了，然后让前台老师帮忙查一下，再一个一个记下来，回家跟他爸妈说，自己要报补习班。

徐自动的妈妈一听儿子自愿报补习班，高兴得咧开嘴笑，说："儿子，只要你想学，多少钱的补习费，咱都愿意出。看你主动报班学习，妈真为你高兴！"

上了补习班之后，徐自动第一堂数学课故意来晚，然后看到王真兮坐的位置后，先是捂着嘴故作惊讶，然后直接坐到了王真兮的旁边，跟她小声说："你也报这个补习班了？我之前有事儿，一直没来，所以今儿是第一次来。"

数学是大多数女孩子的弱势科目。徐自动当然把握住了这个良机，每次课间都会给王真兮讲解她不会的题，而且王真兮在这个班也不认识其他人，那可不就得徐自动给人释疑解惑了吗！

爱情就像催化剂。遇到有的题徐自动暂时想不出来，为了不丢面子，他就假装去厕所，然后在厕所里用手机在百度上搜一下。如果在手机上找不到，就打电话给椭圆梭或者段潇波求助，待找到解题方法后，就现学现用立马出来给王真兮讲。

"嗯，我刚才想了一下，我觉着应该这样做……"思路简直是行云流水一般简捷流畅。

段潇波曾说："你们这些人啊，一旦谈了恋爱，就是文学家、数学家、英语专家、物理学家、化学家、生物学家，一旦问你们题，就没有你们不会的！即使不会，女朋友的题你们现查现学的效率也比你们自己学的效率高一百倍！"

所以，在抓住讲题这个良机的基础之上，王真兮慢慢和徐自动拉近了关系。终于，在运动会前，徐自动鼓起勇气约王真兮出来看电影，王真兮竟然同意了。而正是这次看电影之后，两人确立了关系。

徐自动如愿以偿地获得了对方的芳心，他的心情是舒畅的，常常时不时地唱着老狼那首《同桌的你》："谁娶了多愁善感的你？谁安慰爱哭的你？谁把你的长发盘起，谁给你做的嫁衣？"或者是朴树的那首《那些花儿》："啦啦啦啦啦啦啦啦，啦啦啦，想她。"

他们的感情在同学们看来是纯洁美好的，作为青春期的男孩女孩，谁不渴望有一份美妙的感情呢？而青春期的感情是世界上最纯真、美好、高尚的感情。这种爱情没有金钱的纠纷，没有利益的争夺，仅仅是凭双方的感觉就可以确立的特殊关系。这无疑也是飘洒在校园里的星星点点在青春的气息里萌发的火苗。然而，这束微弱的火苗是否会熊熊燃烧，就不得而知了。也许会越烧越旺，也许很快就会熄灭。

说起段潇波，他跟椭圆梭一样，是"单身狗"。"单身狗"指没有恋爱对象的人。段潇波是一个沉默寡言的人，但其个性非常鲜明，爱和别人开玩笑，只是不爱主动说话而已。宿管老师李怀梦曾在开学初写过这样的"快板书小段"来逗闷子：

说起段潇波，大家都知道。学习内务都好上好，为人做事很低调。大智若愚智商高，从来不骄傲。今日不说别的事，单把他的被子表一表。他叠的被子不得了！边是边来角是角。亚赛豆腐刚切过刀，方方正正惹人瞧。大家都想把他学（xiao），乐得他心花怒放咧嘴笑，这就是：云淡风轻段潇波！——闲云公（宿管李怀梦）编的数来宝。

李怀梦老师对段潇波的评价可谓是公正客观而富有童趣和想象力。他可真算是学校的一块儿宝，有点老顽童的劲儿。从他的快板书中可以看出，他也是一位才子。

段潇波身高1米80，体重85公斤，虽然有点胖，但是他每天晚上熄灯后都坚持做仰卧起坐。他五官往里收，显得憨厚老实。留着永恒不变的平头。他的眼睛有些近视，戴着四百度的眼镜。

段潇波性格内敛，不爱说话，但往往一说话就能把人惊着。他和王钰是最好的朋友。由于王钰比较黑，段潇波就经常涮他：

"钰姐，你说你这么黑，你是不是大黑洞，大黑洞连光都能吸，你怎么连妹子都吸不了，还是一个单身狗？"

王钰回答着："说的跟你有妹子一样。"

"我没女朋友，干脆咱一起打游戏吧。"

段潇波爱打游戏，也爱看动漫，为这两项，常常挑灯夜战。因此，他是宿舍里睡得最晚的一个。正因为每天都睡得特别晚，白天就老犯困，老师上课的时候，他就打呼噜，天天如此……但他的成绩却掉不下去。因此，同学们送他一个绰号：觉（jiào）皇。后来，老师实在忍不住了，就问："段潇波，你怎么上课老睡觉？"

王钰和椭圆梭就开玩笑说他晚上抽烟，把身体抽虚了。全班同学哄堂大笑。从那以后，段潇波就多了个绰号叫"烟鬼"，或者"老烟头"。

后来，只要"老烟头"犯了点儿小错误，比如上课来晚了，老师一问，大家就会异口同声地回答："老师，他抽烟去了。"

再后来，大家从调侃他抽烟，慢慢调侃他吸毒，又因为他的名字里有一个"潇"字，与"枭"同音，大家就管他叫"毒枭"了！

"毒枭"从上初中就喜欢一个女生，但他一直不表白。他总认为，目前阶段不适合谈恋爱，所以待到爱情的花朵含苞欲放时，他选择收敛。从这点看，他是一个明智的人，能在这个阶段控制自己的感情。他有自己的原则，但也会因大众的利益而适当妥协。他是一个性格复杂的人，很难用几句话准确地刻画他。事实上，人人的内心世界都是复杂的，没有人能真正确实地解读其他人的。

第七章　宿管"司令"

十二月下旬的一天晚上，刚刚搞完文艺汇演活动，椭圆梭还处于亢奋之中。看着学校宿舍统一熄灯后，各个床上的哥儿们都在自顾自地刷朋友圈，椭圆梭提议："别玩儿了！哥儿们，咱们把床挪一块儿吧，都到上铺来！"

"这主意不错，有意思！"椭圆梭的下铺剪刀禹首先赞同。

"加我一个！"安苯酚接力道。

"你们别挪床了，我初中住过宿，被发现后是要停宿的。"段潇波反对。

"哎哟，波哥，你冷静些，你抽那么多烟，不也没停你宿吗?"椭圆梭拿波哥"抽烟"的事儿反驳他。

徐自动在安苯酚的怂恿下开始了行动。王钰则在怂恿段潇波赶紧一起加入，但段潇波宁死不屈，纹丝不动地躺在床上，颇有一种"任凭风吹雨打，我自岿然不动"的态势。

其他几个人看了看段潇波，然后若无其事地撸起袖子就抬，弄得段潇波跟新娘子坐轿子一样。最后，他无可奈何地放弃了抵抗，和大家一起加入到拼床的行动中。人多力量大，不到三分钟，六个人就把三张床拼在了一起。

徐自动和椭圆梭都是上铺，他俩在上面聊天；上铺还有王钰，段潇波与王钰挤到一个床上后，两人津津有味地打着游戏；而剪刀禹和安苯酚则在下铺，他们认真地看起了关于印度数学家拉马努金（Ramanujin）的一部电影《知无涯者》（A man who knows infinity）。

"哟呵，你是想跟我杠吗？"突然上铺传来了椭圆梭的声音。

"是啊，今天跟你杠定了！"徐自动也不服输地说。

剪刀禹和安苯酚好奇地站起来往上铺看，只见椭圆梭和徐自动都脱掉了上衣，光着膀子，两个人互相盯着对方。两人不知为何就开始比起了谁的衣服裤子脱得快。

"成，那今天咱把内裤也脱了，敢吗？"徐自动问。

"都是两个肩膀扛一个脑袋，谁怕谁啊？"椭圆梭说。

两人又脱掉了内裤。

"敢去厕所溜一圈吗？"徐自动又问。

椭圆梭说："走！"

"我说你们这大半夜的不睡觉干吗呢？"突然房间的灯被打开了。椭圆梭和徐自动下意识地遮住自己的隐私部位。定睛一看，原来是宿管老师李怀梦来了。

"你们看看，这床被你们折腾成什么样儿了！谁让你们挪床的？谁给你们这么大的权利？明儿早上把床给我都搬回原位，听见了吗？还有你，椭圆梭！你是宿舍长，你怎么能带头违反纪律呢？你们要再熄灯之后大吵大闹，就都给我回家住吧！"李怀梦老师凶狠地说。

六个人纷纷低下头，表示十分惭愧。气氛如此安静，李怀梦老师看大家都沉默不语，便关灯走了。

"咳，抱歉了兄弟们，连累你们了，这事儿怪我。"椭圆梭认错。

"那，要不先睡吧，明儿早上再挪床，现在已经挺晚了，都困了。我设闹钟，咱们明天早点儿起，把床复原。"剪刀禹提议。

大家都没说话，沉默就表示同意了。

转眼之间，高一上半学期的生活接近了尾声，而高一下学期俨然已经蓄势待发了。高一下学期学习的知识难度相对于高一上学期自然是有了一定的提升。因为高一上学期的作用是进行衔接，让一个初中生逐步适应高中的生活。以数学为例，上学期学的是"集合""三角函数""解三角形"。与初中解三角形不同的是，初中仅会用"勾股定理"解三角形，而高中则有余弦定理、正弦定理。高一下学期学的是"统计与概率""数列"……相比高一上学期，难度就上来了。

在学习方面，椭圆梭、剪刀禹、安苯酚、徐自动这四个人自然是不敢怠慢的。每一门学科都认真对待，避免短板现象。对每一次考试也很重视，因为到高二时要分文理科，会重新分班。无论文科、理科，年级前70名分到一个班里。但分班的成绩要求不仅是期末考试的成绩，平时的每一次考试成绩也占有一定比例。为此，在学习上，大家有了一种"咬定青山不放松"的执着。特别是椭圆梭，每一次考试前，都给自己定了一个小目标，要超越同学谁谁了。在他看来，与同学既是朋友，也是学习上的对手。

虽然从目前来看，他们四个"老铁"（铁哥们）每次考试都稳在年级前70名内，但谁也不敢掉以轻心。

在生活方面，王钰、段潇波和他们四个"老铁"依然在一个宿舍。他们互帮互助，关系更是好上加好。住宿生的生活，永远是走读生体会不到的。

每到下晚自习之后，他们回到宿舍，个个都跟饿死鬼一样，聚在一起吃东西。剪刀禹每周末回家返校，带的食物都是最丰富的，比如卤蛋、薯片、饼干、火腿肠等等。为了防止其他宿舍的同学过来"蹭吃的",他们进宿舍后,会赶紧关门。

有人说,高中生活是最累的。其实,高中生活也是最容易饿的,因为高中这个阶段正是长身体的时候,消化能力强。因此,晚上下课后,饿就成了一种常态,而加餐也就必不可少。每晚10点钟一到,就会饥肠辘辘。

平时对食物挑剔的人,到这个时候,什么都能吃了。特别是吃这种"大锅饭",那感情,甭提!嫌卤鸡蛋腥的人,不会再嫌弃了,拿起一个毫不犹豫地吞;嫌饼干太干的人,也不会再嫌弃了,拿起饼干就直接塞到嘴里。这时候,再来一根"鲜嫩多汁"的火腿肠以及一盒牛奶,那是再好不过了!

吃完了东西,大家精气神十足。再走进洗漱间,每一个人都会在洗漱间内高歌一曲。剪刀禹老唱"其实2班单身的就我一个……"(原词为"其实台下的观众就我一个"——薛之谦的《演员》)。每个人一下子都变成了"澡堂子艺术家"。

洗漱间俨然成了同学们歌唱放松的殿堂。甭管平时多么内向的人,一到了洗漱间,就仿佛脱胎换骨了一般,艺术细胞瞬间被点燃,拉开嗓子就可以尽情地唱。

洗漱间只有一个热水龙头,洗头的人需要接一盆热水洗,那场面非常壮观。有的人一边洗头,一边扭着屁股歌唱;有的像自恋狂,一边照着镜子,一边唱;有的人一边刷牙,一边唱;有的人……总之,洗漱间的人形态各异,气氛活跃。

剪刀禹是天蝎座的,但和处女座一样有洁癖。处女座的椭圆梭就有些洁癖,比如每次在公共场合洗手,会先打开水龙头用水冲一遍手,接着用手捧着水冲一遍水龙头,然后再用自己的手"抚摸"

水龙头（目的就是让水龙头上的痕迹都是自己的），最后再洗一遍手，才关掉水龙头。除此之外，椭圆梭倒也没有其他的怪癖。而剪刀禹的洁癖则体现在每次洗脸之前都要洗手。

剪刀禹每次去洗漱都会带牙膏、牙刷、洗面奶、香皂、盆儿、毛巾。他洗脸那叫一个丰富：打一点热水，热水的体积只占盆的容积的三分之一，等稍微冷却一点后，再接热水至盆满。他以生物兼医学家的眼光认为，这样的搭配才能获得最优质的水温，从而使自己肌肤的毛孔充分张开，方便排除毛孔内的油污。接好水后，他再把脸放进去浸泡一下，此刻，他的歌声才停止。因为在水里唱歌会被呛着，所以他就变着法儿玩。他将脸浸泡在水里，吐着泡泡，然后左手伸出，向前摆动，右手伸出，向前摆动，仔细一看，这不就是自由泳的动作吗？

他浸泡完毕之后，再用洗面奶洗脸，洗完之后会望着镜子中自己的脸微笑。他觉得自己的脸"美若天仙""沉鱼落雁"，水滴划过脸庞，在洗漱间灯光的照耀之下，显得这张老成的脸十分粉嫩。

安苯酚和椭圆梭的脚臭味一直为大家所诟病，所以他俩常常来洗漱间洗自己的袜子。因此，他俩来洗漱间的次数会超过同宿舍的其他舍友。

可以毫不夸张地说，安苯酚和椭圆梭只要打完球，袜子一脱，真就可以印证"酒香不怕巷子深"那句俗语。那臭脚味要说长沙第一臭有臭豆腐，那北京第一臭非他俩莫属了。甚至在1班、2班流行这样一句话："你别招我啊！你要是招我，我就拿椭圆梭和安苯酚的袜子干你！"可别小看这句话，这句话可以让听者闻风丧胆，抱头鼠窜。这句话的震慑力，就如同原子弹即将爆炸一样，令人感到非常恐惧。

　　其实，对于这样的汗臭脚，安苯酚和椭圆梭也挺苦恼的。为了除掉这脚臭味，他们不光天天换袜子，甚至回家让父母买了高大上、限量版的名牌鞋，但就是不管用，估计这跟生理问题有关。因为脚臭，他俩还被同宿舍的其他四位舍友嫌弃。有天上体育课，放学后，另外四位舍友就命令他俩提前回到宿舍，先待二十分钟，把所有的窗户全部打开，通风。但他们也苦恼呀，每次运动完脚底下就出汗，跟划船一样，滋溜趟水儿。

　　后来，椭圆梭和安苯酚脚臭这事儿让住宿部主任张琴知道了，她给安苯酚和椭圆梭出了一招，就是天天拿醋泡脚。

　　别看椭圆梭和安苯酚都是臭脚，但俩人还相互嫌弃，他俩一边泡脚还一边闹，一会儿我把风油精滴到你盆儿里，一会儿我又把香水滴到你盆儿里，或者把你手机给藏起来……经过长时间的坚持泡脚以及勤换袜子，他俩的脚臭味儿几乎没有了。

　　李怀梦老师甚至笑称他俩，身上少了样东西。

　　同学们在与李怀梦老师的相处中，也越来越喜欢他。他能写诗，也会写词，而且平仄十分讲究，对仗非常工整。钢琴、手风琴也玩得不差。他像一个老顽童，喜欢和同学们开玩笑。

　　有一次，205宿舍里聊狼人杀，李怀梦老师立马冲进来说："谁又叫我老李了？"而且一脸的严肃！其实，大家根本没有提到"老李"这俩字。

　　"得叫李——老——师，得尊敬我。"李怀梦老师立马又换了一副和善脸冲大家说道。

　　还有一次，椭圆梭和剪刀禹晚自习后去操场遛弯，回宿舍晚了，刚走进宿舍大门，李怀梦老师"生气"地说："你们怎么回来这么晚？你们不知道我们的住宿制度吗？"

剪刀禹开玩笑说："老师，椭圆梭谈恋爱了！他非拉我陪他去见他女朋友！"

"什么老师！不能叫我老师！我是司令！叫我李司令！椭圆梭，你谈恋爱了？那我可得跟你妈打声招呼了，我要跟她报喜！好啊！你这小子，刚高一就谈恋爱！"李怀梦老师开玩笑说。

接着，他便弯下腰，正面冲着椭圆梭和剪刀禹，右手背后，从左侧扔出来一盒酸奶给剪刀禹，然后按照同样的动作也扔了一盒给椭圆梭。

"行了，赶紧去洗漱！别让其他同学看见。"李怀梦老师说。

"好的，谢谢司令！"剪刀禹和椭圆梭一起回答道。

从那以后，205 宿舍的同学，就一直管他叫司令，而他叫每个宿舍也不叫房间号了，而是改叫"某某某师"了！比如把 205 宿舍，就叫"205 师"！

第八章　惊心动魄的赛场

　　住宿部共有两层楼，高三在一楼，高一、高二在二楼。每到晚上 10 点 20 分准备熄灯时，李怀梦老师就会在楼道大喊"王老师"，也就是二楼的住宿老师。

　　李怀梦老师不是喊"熄灯"，而是喊"出发"或者"起飞"或者"Let's go"。

　　住宿生虽然不能天天回家，但也有走读生难以体会的一道风景！住宿生偷偷在网上订外卖的时候更是爽翻天。当然，学校明令禁止不让订外卖，担心学生吃外卖吃出问题来，所以，一旦有人订外卖，学校门口的保安大哥就把你记录在案，第二天通报年级主任。但俗话说得好，上有政策，下有对策。规矩是死的，人是活的。办法总比困难多。住宿生和保安大哥斗智斗勇也不失为一场精彩的好戏！通常情况下，李晨是这样领取外卖的。

　　外卖小哥的电话打来："喂，你好，你是李晨吗？你的外卖来了！"

　　"好的，我马上下来。"

　　李晨背上书包，就下了楼。出校门后，看见外卖小哥不是主动和他打招呼，而是淡定地走到校门口的东侧不远处，再和外卖小哥联系，收好外卖装到书包里，再不慌不忙地走进学校。

"大哥，大哥，我能再进去一趟吗？我忘拿书了，我回教室里拿一下书，行吗？"李晨对保安大哥撒着谎，就这样蒙混过去。

篮球赛是学校的一项传统体育赛事，每年3月由校学生会举办。本次的篮球赛活动是3月10日—3月20日，采用5V5的对抗模式，每场比赛时间为30分钟。高一、高二年级参加，高三年级不参加。比赛采取积分制，高一年级各班同高一年级各班比赛，高二年级各班同高二年级各班比赛，两个年级之间不进行比赛。各班抽签选择对手班级，胜一场得2分，负一场扣1分，达到规定比赛时间后，若两队比分相同则进入加时环节，加时分为上下两节，上节加时10分钟，下节加时10分钟。若加时环节结束后两队比分仍然相同，则继续进入加时环节，直到分出胜负为止。此次比赛，裁判由学生会外联部负责联系专业裁判。

篮球赛的消息一公布，就在1班炸开了锅。

"同学们，大家听了这个学生会给的篮球赛明细，还有什么问题吗？"李晨向全班同学读完了篮球赛的比赛规则后问道。

"啥也别说了，就我一人上吧，干翻他们。"赵钊说。

赵钊是篮球狂热分子，他的偶像是前"湖人"当家球星"科比·布莱恩特"。只要有他的球赛，几乎没有一场会错过。他对科比的狂热还表现在对科比的解说上：科比进球了：你们看看科比这叫一个厉害，怎么打怎么有；科比打铁了（就是球没进，打在了篮筐上）：球虽然没进，但我科打得很合理，球就该这么打；科比失误了：我去上个厕所啊；队友进球了：这是因为我科的助攻；队友打铁了：这球就是胡打，怎么一点儿耐心都没有，要给科比就进了；队友失误了：这些个队友今天真是没状态啊！

赵钊的性格和科比比较像，都是铁血男儿型，打起球来真不要命。要是说帕克是法国小跑车，那赵钊和科比就像装甲车了，打起球来一路碾压。

作为篮球队员来讲，赵钊1米75的身高虽然不占优势，但他速度快，爆发力好，拿着球基本一步就过，对手根本跟不上他的节奏和速度。拿球直接起三步，直接甩开对手得分，这是他的招牌动作，而脚步的运用他同样也是出类拔萃。拿着球停下，左一个转身，右一个转身，再向后晃一下，根本摸不清他的思路。你根本不知道他什么时候会把球投出去。在你猝不及防之时，他已经将球稳稳地投入了篮筐。因此，1班拥有这样强大的球员，自然有了一定的胜算。

1班还有三名强大的球员，当属李晨、梁云暄和周宙。李晨身高1米9，但协调性和灵活性却一点也不差。一般来讲，他的三步上篮基本都是上一个进一个，因为他个儿高胳膊长，所以他起三步上篮儿的时候，手举起篮球，一般人碰都碰不到。再加上他不错的速度，所以基本上在人堆中，能很成功地把球送入篮筐。

而梁云暄呢，他的篮球技术也是相当不错的。他的速度和协调性、灵活性虽然没有李晨和赵钊出色，但他的投篮确实非常稳。篮球场的三分线和三分线内几乎没有他的投篮死角，任何一个地方他都十分擅长。拿球、起身、投篮，整个过程行云流水！他真正的必杀技更是在于：即使面对防守球员，他也能十分冷静地将手中的球投出，并且还保持相当不错的命中率，而且"绝杀球"更是他的拿手好戏。

每次同学们中午吃完饭，打接拨儿（比如12个人打球，就分成3队或者4队，以石头剪子布的方式确定上场顺序，然后开始打，谁打输了谁就下，以此类推），只要平了的时候，梁云暄总能投入关键的一球，所以他也有一个外号叫作"绝杀小王子"。

当然，一支完美的球队，不光要有出色的进攻端，更要有扎实稳固的防守端。杰出的防守队员能消耗对方进攻球员的体力，降低对方的得分率，从而为自己的队伍创造绝佳的进攻机会。

1班的周宙就是一名非常出色的防守球员。他的脾气特别好，怎么惹都不生气。他与班里的同学相处和谐，大家也都爱拿他开玩笑。有一次，他和班里的施嘉怡探讨星座的问题。

施嘉怡问："你啥星座的？"

"我水瓶座的。"周宙回答。

"噢！哈哈哈，水瓶出渣男！"所以，从此以后周宙就有了"渣男""渣哥""周渣"这样的外号。

其实，渣哥是一个典型的文艺小青年，他热爱读书，比如王小波先生的《黄金时代》、莫泊桑的《羊脂球》……无论中外，无论风格，只要是文学类的书籍他都看。他的身材足以使同学们的双眼发亮。两块鼓鼓的胸大肌，用来碎大石都富余。八块棱角分明的腹肌，堪比朝鲜足球名将尹志南。

当然，强大的上肢还不足以使他在防守端占据有利的优势，他的腿也十分有力，换句话来说——他的底盘稳。这是什么意思？就是说跟不倒翁一样，你推不倒他。这样一来，周宙上身拥有强大的优势，在和对方球员进行肢体接触的时候，不至于落下风，而且其稳重的底盘将帮助他在防守的时候更加自信。

赵钊自告奋勇之后，李晨接着说："那，我就说点我的建议吧。钊哥，进攻端得你来控制。我就负责抢板儿（抢篮板球），给你们送助攻。然后梁云暄呢，你是绝杀小王子，你不上就屈才了。渣哥，你来协调防守端，你壮实，别人撼不动！5个人比赛……那再选一个谁呢？"

"我来吧！"崔怡梓竟然主动请缨。

崔怡梓是高一下学期时，从外校转进 1 班的女同学。她成绩非常优异，特别是语文成绩与周宙一样好。她特别喜欢日本文学，也非常喜欢日本，她打算本科就直接去日本留学。她梦想的大学是"京都大学"或者是"东京大学"，那是日本的两所顶尖研究型大学。像村上春树的《挪威的森林》《没有色彩的多崎作和他的巡礼之年》《且听风吟》……再如川端康成的《雪国》《伊豆的舞女》……再如大江健三郎的《广岛札记》……几乎很多日本名作家的名著，她都看过。

崔怡梓是一个非常与众不同的人。她做事的行为和方式是我行我素，敢爱敢恨，从来不顾及他人的眼光。比如在考试的时候，突然在教室的黑板上写上几句名人名言，像"笨鸟先飞早入林"和"枪打出头鸟"，"时间就是金钱"和"视金钱如粪土"。

崔怡梓一直喜欢李晨，但李晨一直不愿意接受她，具体原因，同学们不得而知。

记得有个晚上，陈琦突然接到崔怡梓发的微信："琦哥，我喝醉了，你来接我回家，行吗……我家地址是 XX 街 XX 号楼 XX 室，我在 XX 街。"

陈琦一开始以为是崔怡梓在和他开玩笑，所以也没在意，继续打他的"炉石传说"，打完一局后便准备去洗澡了。洗澡的时候，唱着"我的太阳"，十分投入，唱着唱着，他觉着哪里有点不对劲，觉着自己电话响了。他搭上浴巾，拿起自己的手机，发现有多个未接来电，而且都是同一个号码，显示来电归属地是北京。

"这是谁的电话？不会是骚扰电话吧？"陈琦心里想。

于是他将电话号码复制以后，输入百度进行搜索，发现并没有显示该号码被举报。然后他又将电话号码输入微信里，发现竟然是崔怡梓的！

"我靠，崔怡梓真喝多了啊！"陈琦说时迟那时快，慌慌张张地随便把身子一擦，穿起衣服就跑。当他打车奔到目的地时，发现崔怡梓正趴在那酒桌上，旁边已经歪歪倒倒了五六个啤酒瓶。

"你是她男朋友啊？她酒钱已经付了，跟那儿趴了好久了，一开始这丫头就跟那儿哭，我也不知道为啥。我问她，她也不理，自个儿在那儿喝闷酒。你好好儿把人送回家吧。"一位络腮胡男老板对陈琦说。

"好的好的，谢谢老板。"陈琦回答。

陈琦将崔怡梓抱起来，直接扛在自己的肩头，着急忙慌地出来，拦了辆出租，上了车。

"嚯！这么大酒味儿，喝的牛栏山，还是纯生啊？小伙儿，这我可就得说道说道你了啊！人家是一姑娘，弱不禁风的，你丫给人灌这么多酒。你们这些年轻人啊，办事儿太他妈的毛毛躁躁了，这种事儿啊不能急，不然容易遭报应！"出租车司机对陈琦说。

"叔叔叔叔，您误会了，我是她同学，她喝醉了，发微信求助我，让我来接她，送她回家。"陈琦连忙解释。

"嗨，这还成。现在这社会风气啊，全乱了！就我们那年代，家家户户都不锁门儿，东西也没丢的。可现在，你要不锁门儿，东西板儿（必）丢。你看那街上假摔的老大爷，现在人还敢扶吗？那假摔的演技啊，连葛优都比不上。他们那些假摔的动作都能上世界杯了！你说说，现在这个风气。你再看看现在的女孩儿啊，诶，甭提了，这夏天都还没到呢，那裙子都快能当裤衩儿使了，穿给谁看啊？

再说，谈恋爱的也是。我们那会儿，都纯着呢，拉个手都不敢，顶多就写个情书，那也不敢把自己名儿给留上。你再看看现在，在车上就啃起来了，唉……"出租车司机说。

"我们这一代，经过西方文化的洗脑，这思想都开放着呢！"

出租车司机又说："这新时代的年轻人啊，也没啥梦想了！个个儿都抱着个手机看，我真是把手机这种东西给恨透了！一百年前，中国的年轻人躺在床上抽鸦片；一百年后，中国的年轻人躺在床上玩手机，吹着空调，喝着饮料，生活是五彩缤纷了，但这身体也给毁了啊！手机像鸦片似的。"

出租车司机说了一串又一串，陈琦只是礼节性地敷衍着，他希望司机开快点，早一点送崔怡梓到家。

"叮咚叮咚"的声音从崔怡梓裤兜里传来，崔怡梓微微动了一下，又继续趴在陈琦的大腿上睡觉。陈琦摸出了她的手机，看到了屏幕上的内容：

李晨，我不知道为什么，自从来到 1 班，就莫名其妙地喜欢你。你是班长，我是团委，咱们应该是最棒的搭配了吧……呵……你记得吗？几天前的春游，你拿着一箱水，站在队伍前发，帅极了！阳光照在你的脸上，你笑着，周围的空气都散发着你身上的香味，我的脑海里又想起那句情话——"你的衬衫上有着阳光的味道"，我总是止不住地思念你，我夜不能寐，辗转反侧……无奈一闭上眼，看到的就是你的那张脸。你的酒窝没有酒，我却醉成一只狗……李晨，我高三应该就要出国走了……我……

屏幕上显示"xi"这个拼音，已经输好，没有选择字体，应该是没有打完这个字吧……噢，看来这是一封没有写完的表白信吧……

陈琦看着怀里的崔怡梓，在心里想：唉，问世间情为何物，直教人生死相许啊！十年生死两茫茫，不思量，自难忘。我国大文豪苏东坡也是因为妻子的去世，才如此伤心的，而此刻的崔怡梓的心情如此糟糕，李晨知道吗？

突然，车停了下来，到崔怡梓家的小区门口了。陈琦先下车，付了车费，然后把崔怡梓抱了出来，放在了地上，让她先站好。

一转眼，出租车就开走了。

崔怡梓揉了揉眼睛，醒了，但她的意识还不是特别清楚，在酒精的作用下，她胡乱地嚷着：为什么？为什么你不接受我……

陈琦任由她叫嚷，安静地待在她的身边，当她逐渐平静以后，说："我送你上楼吧。"

崔怡梓说："我想在这儿待一会，你回吧，谢谢你。"

"至于吗？你有毛病吧？这种事儿要两厢情愿，强扭的瓜不甜，人家不喜欢你，你再怎么追也没用啊！"陈琦开导着她，俨然他对感情很懂一样。

"你站着说话不腰疼，你知道这种感觉吗？你喜欢的人，却和其他的女生一起开心地闹；你精心准备的生日礼物，他就一个谢谢，甚至都没有正眼看过你；你……"

"行了行了，那又能怎样？你别说了，你冷静冷静吧。"

"我冷静不下来，我现在脑子里全都是他……呜呜呜呜"说着说着，崔怡梓就哭了起来。

一时间，陈琦也不知道该怎么办了，但他理解崔怡梓的心情，因为他也喜欢同年级 8 班的一个女孩，而那个女孩却不喜欢他。

陈琦是个爱笑的男孩，虽说个儿矮点儿，跟椭圆梭一样都是 1 米 7 左右，但为人处世非常地道。他知道，强扭的瓜不甜，因此，他没强求，但心中多少有些失败感。他也在心底安慰自己：咳……青春没有失败又怎么能叫青春呢？你玩儿神庙逃亡（Temple Run），要是无敌死不了，不就没意思了吗？你玩儿实况足球，自己建一个足球队，球员各个指标都是 99，那还踢啥？根本一点儿意思都没有！青春就是如此，越是碰得个鼻青脸肿，越是脚底生疮屁股流脓的青春，那才是完美的，但不能叫作没有遗憾的……

"崔怡梓，你上是吧，没问题，我带你！"赵钊说。

"行啊，谢谢钊哥！"崔怡梓说。

"那就，我跟梁云暄、钊哥、周宙再带一个崔怡梓！到时候就跟体育组报咱们五个的名儿了！"李晨说。

"那替补呢？咱们班胜算怎么样啊？我听说 5 班的实力也挺强的啊！"班主任马艳说。

"替补的话，椭圆梭，你替补，再算上一个陈琦！"李晨毫不犹豫地说。

"一定效忠！"陈琦和椭圆梭异口同声地说道。

其他班也在热火朝天地准备着篮球赛的事宜。各个班都冷静地分析着其他班的情况，以便采取合适的战术，这场面还真有 NBA 季后赛准备期的感觉！

3 月 10 日，第一场比赛正式打响了。1 班对阵 2 班，也是所谓的"前班大战"。第一场比赛 1 班赢了。

1 班接下来的几场比赛，全部获得了胜利，所以成功拿到了决赛的入场券。另外一张决赛的入场券就是 7、8 班联合队了（因为 7、8 班人数较少，所以便联合组成了一个队）。

决赛是在 3 月 20 日举行的。赛事没开始之前，操场边已经围满了观众，支持 1 班的站在场地左侧，支持联合队的站在场地右侧。跟 NBA 决赛的惯例比赛前唱国歌差不多，此次决赛前参赛队员包括替补也都排成一队，胳膊互相搭在肩头和观众们一起唱起了校歌："阳光洒满了古城西郊，绿荫环绕着我们的学校，海淀中学我们的骄傲，青春的脚步在这里起跑……"

唱完校歌后，大家开始准备唱国歌。唱校歌时，还有同学在嘻嘻哈哈地说话，但这时，大家的表情严肃起来，伴奏一开始，就整齐而洪亮地唱："起来，不愿做奴隶的人们，把我们的血肉筑成我们新的长城！中华民族到了，最危险的时刻，每个人被迫着发出最后的吼声！起来，起来，起来！我们万众一心，冒着敌人的炮火，前进！冒着敌人的炮火，前进，前进，前进，进！"

同学们铿锵有力地唱着。这个时候，同学们的身上都有着中国情结，是最庄严的！

接着，比赛即将开始，双方的首发队员分别在各自的场地站好了。1 班由李晨去抢球，联合队由高鹏去抢球。裁判员将球抛向天空，高鹏顺利地抢到了球。赵钊前去防守高鹏，高鹏毫不紧张，右手背后连续运球，让人捉摸不透他的突破方向。赵钊则将左手罩着他的胸部，右手横拉，想要防住他的突破。一阵运球之后，高鹏却没有突破，拿球直接跳起，在三分线的正中位置投进了全场的第一个球，也是一记漂亮的三分球！

接着，崔怡梓在后场发球，将球传给了赵钊。赵钊虽然个子比高鹏矮一些，但他毫不慌张，右手持球，眼睛看着场上的局势：李晨被对方两名球员包夹，周宙和李大鼎两人正在对位准备争抢篮板，梁云暄此刻在三分线处，如果这个球给他投丢了的话，那比分很有可能就拉大了。崔怡梓在这种强度下进攻能力很弱。单干吧！赵钊打定主意，面对防守他的高鹏，一个加速就过掉了他，冲到三分线内。两名防守李晨的球员过来夹击赵钊，赵钊毫不犹豫，直接将球传给李晨，李大鼎反应迅速，打了下李晨的胳膊直接干扰他的投篮，但李晨毫不畏惧依然面对篮筐轻松得分，还赢得了 1 次罚球的机会。

李晨站在罚球线上，模仿北京街球运动员赵强罚球前的准备，将脚从背后抬起，用手蹭了蹭，然后将球举起，瞄准篮筐，从容不迫地投出。球在空中画出一道精彩的弧线，进入了篮筐，甚是完美！

此刻，双方打成了平手。刘竹生持球运球，高鹏无球跑位，周宙前去防守刘竹生。刘竹生交叉步，左手换右手，做出一个右路突破的架势，再猛地一下拉回，把周宙晃了个趔趄。周宙反应回来，迅速回到原位，紧跟刘竹生的步调。刘竹生再进行连续的胯下运球，佯装从右路突破，一个背后换手将球从右手换到左手，直接过掉了周宙。此刻李晨迅速过来补防，刘竹生火力全开，小马达快速发动，直接加速，李晨根本没有跟上他的步子。此刻 1 班篮筐下只有崔怡梓在守卫，崔怡梓抱头逃窜，刘竹生轻松上篮得分。

1 班叫了暂停。

"阿怡，你这不成啊，咱换人吧。陈琦，你上。"赵钊指挥道。

轮到 1 班发球，球权在陈琦手中。陈琦丝毫不紧张，面对刘竹生的防守，轻松扔进了一个三分，此刻 1 班领先一分。

正当 1 班还沉浸在进球的喜悦之中时，高鹏迅速持球突破，打了 1 班球员个措手不及。梁云暄此刻还没有碰过球，所以陈琦将球发给了梁云暄，梁云暄也不讲道理，离三分线两步，迎着高鹏的脸就投。球进了，神勇的梁云暄！

高鹏毫不气馁，面对梁云暄不讲理的三分，他也开启不讲理模式，拿到球权后，面对赵钊的防守，胯下运球左换右，接背后换手右换左，左路突破后又后撤步撤回，踩着三分线，又是一记三分球入账。

比赛火热地进行着，几乎到了白热化的程度。

此刻距离比赛结束还有最后一分钟时间，但双方却打成了平手。现在的进攻球权在梁云暄手中。先是刘竹生防守梁云暄，高鹏守在自家篮筐下，保护自家的篮筐。刘竹生寸步不离，梁云暄身宽体胖，靠住刘竹生慢慢走到前场，看这架势，梁云暄是想把时间拖到最后10秒，然后绝杀对方。梁云暄像开坦克车似的一直在慢慢地挤到前场，刘竹生不甘示弱，想要阻挡梁云暄的移动，可惜却如鸡蛋砸石头一般，无法成功。

梁云暄已经将比赛的时间拖到了最后的20秒。

越是最后关头，比赛越是精彩。

高鹏急了，喊："刘竹生，你掏他，你掏他！你别让他进来，他能射！"刘竹生一手防着梁云暄的移动，一手奋力地想要将球掏掉。

比赛还剩最后15秒，梁云暄趁着刘竹生掏球的空档，一个加速就过掉了刘竹生。此刻，场边已经沸腾起来，观众们大喊"加油，1班""加油，联合队"，1班、联合队的加油声混在一起，让人根本无法辨识清楚哪是1班的喝彩声，哪是联合队的喝彩声。

过掉了刘竹生之后，梁云暄冷静地带球，准备前往底线的三分线处。此刻高鹏并未出动，他怕一旦去补防，李晨来到篮下，如果梁云暄再将球传给了李晨，那后果将不堪设想。看着老大没有去补防，另外两名小将立即冲上去，但梁云暄非常淡定，他利用了街球的穿裆过人，将其中一名小将过掉。刘竹生此刻也已经回过神来，过来补防梁云暄。神勇的梁云暄，面对两个人的夹击，将球穿过自己的胯下，神奇地过掉了来补防的另一名小将和刘竹生。

场外，1 班班主任马艳老师早已紧张得动弹不得，全神贯注地看着比赛。7 班班主任谢蓝老师也目不转睛地看着。不到最后一秒，什么事情都有可能发生，什么地方都有可能再现"麦迪时刻"（35 秒获得 13 分）。

梁云暄连续过掉三人以后，已经没有人来防守他了，此刻他面对的仅是空空的篮筐。高鹏终于按捺不住，因为比赛只有最后 3 秒就结束了，高鹏健步如飞地冲上前去，想要盖掉梁云暄的三分球。梁云暄不甘示弱，迎着高鹏展开的双手，直接投出了他这一记致命的三分球。

球潇洒地进入了篮筐，伴随着一声叹息般的"刷筐"声，1 班取得了最终的胜利。

场边 1 班的同学们早已沸腾起来，7、8 班的同学们则垂头丧气。7、8 班的队员们纷纷跪倒在篮球场上，什么话也没有说。高鹏愤怒地扯下衣服，露出他健硕的肌肉。谢蓝老师冲上赛场，一个劲儿地安慰自己班的孩子们："孩子们，没关系，你们发挥到了极致！"。马艳老师冲进赛场，疯狂地拥抱自己班的孩子们，嘴里连连说道："孩子们，你们太棒了！"班主任们纷纷鼓励着自己班的学生。而此刻，1 班的同学们将 1 班的参赛队员举起抛向空中狂欢。参赛队员们在空中也疯狂地呼喊。

比赛是残酷的，有人胜，就有人输，就如椭圆梭曾说的那句名言："在学习上，有拔尖的，就有拖后腿的。"

第九章　撩动人心的《荧光舞》

比赛结束，剪刀禹、安苯酚、徐自动来操场上找到了椭圆梭。安苯酚问："不早了，咱们去吃饭吗？"

"去。我们班怎么这么厉害？运动会就是我们第一，篮球赛还是。"椭圆梭高兴地说。

"你别狂，这联合队就是没我，要有我，就投死你们班。"安苯酚说。

"就你？你还是先把肥减了再说吧。"椭圆梭嘲笑着膘肥体壮的安苯酚。

"你们怎么不夸我打得好啊？"徐自动说。

"那难道你打得好吗？"剪刀禹笑着说。

四人说说笑笑走进了学校的食堂。打好饭，找好位置，坐了下来。

椭圆梭对坐在他对面的剪刀禹一边使眼色，一边小声说："禹儿，你旁边像有一对儿双胞胎姐妹花。"

剪刀禹机智地故意将筷子丢在地下，在抬头的瞬间故意向旁边一看，是有些像：一个戴着蓝框眼镜，一个戴着黑白框眼镜。

"那你还不赶紧下手，我追姐姐，你追妹妹，这样你以后就得叫我哥了。"剪刀禹对椭圆梭说。

"你这个犬子又不孝了啊！看哥教你搭讪啊！"椭圆梭向剪刀禹说。接着，他向旁边的女孩打着招呼："唉，同学，你们是双胞胎吗？"

戴蓝框眼镜的同学没直接回答，只是抿嘴笑了笑，戴黑白框眼镜的同学轻蔑地淡然一笑，说："我们像吗？"

剪刀禹、安苯酚、徐自动忍不住狂笑起来。

"有些像，告诉我们是不是嘛！"椭圆梭问戴黑白框眼镜的同学。

戴黑白框眼镜的同学说："我们是闺密，不是双胞胎。"

戴蓝框眼镜的同学一直安静地坐在那里，低头吃饭，没有说话。她看上去有些冷漠。

"噢，那你是什么星座啊？"椭圆梭再次追问。

"我是双子座。"戴黑白框眼镜的同学说。

"双子座，那你是6月初的？"椭圆梭继续问。

"是。"戴黑白框眼镜的同学回答。

"那咱们相互认识一下吧。我叫椭圆梭，你叫我次方哥就好，Cubic Bro（次方哥），因为我喜欢数学，比较擅长10次方以内的心算，所以大家都叫我次方哥。"椭圆梭简单地介绍了自己。同时，又把徐自动、安苯酚、剪刀禹介绍给了对方认识。

戴黑白框眼镜的同学说："大家好，我叫徐可莹。"

"哟，你也姓徐啊！我们是本家，我原本有一个龙凤胎妹妹，刚出生就夭折了。"徐自动说的同时，还瞅着椭圆梭坏笑。

"我跟你说，徐可莹同学，你别听他瞎胡扯，他是孤儿，从小都是吃化肥长大的，满嘴跑火车。"安苯酚突然说。

"我是高一6班的。你们是几年级几班的？"徐可莹问。

椭圆梭说："我们也是高一的，我是1班的，他们是2班的。"

第二天，椭圆梭就要到了徐可莹的微信，但究竟能发展到什么程度？I don't know！

高一的校园生活是丰富多彩的。大型的活动或许就是篮球赛、足球赛、艺术节了。一切都是以"寓教于乐"为宗旨。篮球赛结束没多久，又举行了足球赛。足球赛刚结束，五月的艺术节又拉开了帷幕。

艺术节不同于篮球赛和足球赛，它要求全校学生都得参加，高三也不例外。为了在艺术节上出彩，1班展开了热火朝天的讨论，每个人都有不同的意见，彼此又都相互嫌弃，唱歌的嫌弃跳舞的活跃过度，跳舞的嫌弃唱歌的太过单调。

椭圆梭看着班里的同学讨论来讨论去，突然想到了一个经典的段子："数学系学生觉得物理方法不靠谱；物理系学生觉得数学方法太绕弯。数学系学生最得意的本事是证明；物理系学生最拿手的本领是近似。谁也看不上谁！"

最终在大家的讨论下，1班决定表演"舞蹈+男女混演"。也就是：女生先上台表演曼妙多姿的水袖舞，然后男生拿着扇子，表演电影《唐伯虎点秋香》里的片段，最后男女一起跳舞。后来大家又觉得要标新立异，有人就想起了反串角色。

"水袖舞不是女的跳吗？弄一男的当领舞也不错，而且男的身材一定要好，那身高至少在1米7左右，体重不得超过55公斤，咱班有谁呢？"班主任马艳老师问。

"老师，陈琦想要尝试一下。"椭圆梭向马艳老师推荐。

"陈琦，那就你吧。"马艳老师说。

"老师，我觉得一个领舞不够，得要两个领舞，加上椭圆梭一个吧，我跟他一起领。"陈琦"临死前"又拉了椭圆梭当垫背。

"好！你们两个反串，一个化妆化得年轻美丽点，一个化妆成老人，一老一小。"马艳老师也不忘和同学们开起了玩笑。

接下来的课余时间，1班开始马不停蹄地排练。由于1班是前班，课程相比其他普通班而言，进度要快，讲得要深，同学们的学习并不轻松。老师们抓得紧紧的，各科老师的测试、学校的考试应有尽有。毕竟，"分、分、分，学生的命根；考、考、考，老师的法宝"。

陈琦和椭圆梭本来就没学过舞蹈，要把女生柔美的舞姿学到极致，对于他俩来讲还是很难的。毕竟，男生身板本身就僵硬，很难一下子柔美起来。

为了达到要求，他俩课后就练习，教室外的走廊、操场、宿舍都成了练舞场。功夫不负有心人，经过一段时间的练习，他俩都取得了一定的进步。

艺术节迈着轻盈的舞步，款款而来了。陈琦和椭圆梭化好了女性妆，戴上了黑色假发，粘上长长的睫毛，化好黑色的眼线，涂上腮红，抹上鲜艳的口红，穿上了粉色的裙子。

他俩在队伍前方翩翩起舞，婀娜多姿，跳得十分投入，仿佛是在和班里的女生争妍斗艳。虽然如此，但还是被大家轻易地认了出来，大家都说他俩的腰比女生还细。各个班的节目也都是朴实无华，唯有高一8班的《荧光舞》非常有创意。

当报幕员报完幕之后，8班上场，全场突然陷入一片黑暗，台下立刻炸开了锅。此刻，只听见枪声响起，舞台上出现了一个荧光的火柴人甲，因为身上穿戴着荧光线圈，所以呈现出"火柴人"的样子。他拿着荧光剑，却只见他的右侧突然杀出另一个火柴人乙。火柴人乙拿着他的宝剑，一剑下去，那位火柴人甲却突然消失了。再一看，在舞台的另一边突然出来了一个火柴人甲，好像是遁术一般，转眼之间就能从此地移到彼地。接着，那位火柴人乙便持剑冲向火柴人甲。此刻，火柴人甲和火柴人乙之间的火柴人身上的荧光一一亮起后又熄灭，构成了火柴人乙冲向火柴人甲的慢动作效果。正当火柴人乙快接触到火柴人甲的时候，火柴人甲又消失了！而他再一次出现时，已经到了舞台的正中央。火柴人甲回到舞台上，此刻所有的火柴人全部亮相。

　　他们在舞台上玩的是老鹰捉小鸡的游戏。火柴人甲当老鹰，火柴人乙当老母鸡，剩下的火柴人全部在火柴人乙的身后。火柴人甲突然消失，而再一次出现已经到了小鸡的旁边，正要抓小鸡之时，小鸡又全部消失。

　　此刻，台下的观众早已按捺不住心中的激动，疯狂地呼喊喝彩。这一个节目真是太精彩，太撩动人心了，比单纯的唱歌、单纯的跳舞以及歌伴舞类节目有意思多了！因为唱歌、跳舞或许让同学们有了审美疲劳之感，而荧光舞却是一枝独秀。最终，8班获得了第一名的好成绩，1班的小反串则获得了第二名。

第十章　成绩是分班占位的砝码

艺术节后，期末考试如期而至。这次的期末考试，剪刀禹、安苯酚、椭圆梭、徐自动都考得不错。按照相关规定，高二分了文理科，喜欢文科的去文科班，喜欢理科的去理科班。学理科的学生不再学习历史、地理，学文科的学生不再学习物理、化学、生物。而从高二开始，理科班增加生物课程。这次，学校将1班、2班作为理科前班，8班、9班作为文科实验班，3班、4班、5班、6班作为普通理科班，而7班作为普通文科班。

这一次的分班也带来了一些变化。1班原本有38名学生，有15名同学去了文科实验班或普通班。也有个别普通班的一些同学因为这次的分班，进入了前班和文科实验班。

这种分班调整，必然会导致教师队伍的调整。1班原本是马艳当班主任兼数学老师的，现在数学老师换成了张冰冰老师，班主任由上一届下来的陈其继老师接任，同时，由陈其继老师教物理课；原本是窦新生老师教语文的，现在换成了张莹老师。英语老师也由黎娟换成了胡珊。新增设的生物课由童颖授课，她是大学刚毕业的新老师。可以说，除了化学、政治老师没有换，1班老师基本上是一次大换血。

椭圆梭、李晨、梁云暄、陈琦、王钰、段潇波等还是在原班，剪刀禹、安苯酚、徐自动也是原班不动。

这种靠成绩分班占位的方法，使同学们在学习上产生了很大的竞争力。别看大家下课后嘻嘻哈哈的，但在学习上并不敢放松、怠慢。老师经常拖堂，尽量想给学生多讲点。一般情况下，老师课后也是待在办公室，等着同学们来答疑。

张莹老师皮肤细腻，戴着一副长方形边框的眼镜，头发是"灰色"的，但不是那种纯正的染的那种灰色，是黑发白发交织在一起的那种灰色。

张莹老师的日常搭配是衬衫配上一条宽松的裤子，然后就是典雅庄重的皮鞋。她特别爱笑，在同学们面前没有摆出一副高高在上的样子，十分和蔼可亲。她给人一种仙风道骨的感觉，一看就是那种"出世"的人，与世无争！而且，她特别喜欢苏东坡。

北京高考要求必须背诵、默写古诗和古文。因此，张莹老师授课时，就负责给全年级的同学出默写的卷子，然后让油印室的小伙子给印出来，让每个语文老师课前给同学们默写。

这好像是一个惯例——考试、测试无论简单与否，同学们考完试或者做完测试都会哭天喊地地说难。所以，课堂测试小默写，张莹老师为了给同学们降低难度，会提前一天告诉大家，第二天默哪几篇古诗或者古文的挖空练习。

赵钊和孙云生是从来不愿意背诵这些文章的。他们认为，文章是枯燥无味的，根本没有吸引力。他们抱着幻想，要是高考没考这些呢？

打过上课铃，张莹老师拿着语文的小默写卷子走进班级教室。

她说："来，陈琦，给我插U盘。唉，陈琦，跑哪儿去了？"

陈琦是班里的电教委员，专门负责电脑的维护和老师课件的保存。

"老师，陈琦抽烟去了！"班里有同学起着哄。自从段潇波抽烟的这个哏儿在1班流传开以后，同学们都拿这个去说同学不在的理由。

"来，椭圆梭，你给我插下U盘吧。"张莹老师说。

"老师，不对，您念错了。'梭'是多音字，那字（梭）念俊，英俊的俊的读音！"李晨开始起哄。

"哟，是吗？我没上字典查过这字。"张莹老师瞪大眼睛，用手把头发弄到耳根后说。

"是啊，老师，念梭（suō）多难听啊。"王钰也在起哄。

张莹老师说："这个话题咱先打住，快，准备默写！"

"哎呀，老师，咱明儿再默吧，生物老师今天又留了12张卷子，我们最近都快累死了！"李少安说。

"老师，咱今儿别默了吧，上午张冰冰老师占了物理课考数学，我们这脑子都带不动了。"段潇波说。

"同学们，咱们虽然累点儿，但大家要坚持住。现在高二，也是最关键的时候。高二的课时比较紧张，在高三前，所有课程都得结束，留出高三一年的时间复习，备战高考。因此，你们也得加油，不要松懈。好多你们的学兄学姐毕业了，回来都说高中的日子是最快乐的日子，是累并快乐着，咱们先苦中作乐！给你们一分钟准备，然后就开默！"张莹老师说。

同学们顿时安静了下来，而此时，张莹老师则将默写小卷子平铺在桌子上，再将小卷子拨弄开，按照每组的人数将卷子分好，然后盯着她的小表，一分钟到了之后，便开始发卷子了。

在大家低头默写的时候，张莹老师就在教室里四处巡视。突然，她向大家说："同学们，我插一句话啊。高考默写只有6分，我们这几周费劲巴拉地弄这个默写，就是为了把它拿到手。"

赵钊又掉链子了，他说："老师，我不要这6分行吗？我真背不下来这个。"

张莹老师拍了拍赵钊的肩膀，说："赶紧写。"

"李晨，手里拿的啥啊？把背诵的小本儿放好。"张莹老师话音刚落，又喊着孙云生，"怎么趴着不写啊？"

"不……会……啊……"孙云生发出低沉的嗓音说，像是一个没有睡醒的树袋熊一样。

"别东张西望、交头接耳，施嘉怡把头转过来！课堂上可以抄，高考可没地儿抄去！"张莹老师苦口婆心地说。

"老师，我这回肯定能拿100分！"李晨总是因自己的错别字被老师嘲笑，也因此成了大家的笑柄。比如："桃花潭水深千尺，不及汪伦送我情。"他在一次默写中就写成了"桃花潭水深千尺，不及汪伦送我钱"。再如："杨花落尽子规啼，闻道龙标过五溪。"他写成了"杨花落尽子规啼，闻道聋标过五溪。"

"但愿吧。"张莹老师微微一笑，收好大家的课前测试卷子，就开始讲今天的课了。

张莹老师说："咱们上周语文周测的作文，我昨天在家加班加点到了深夜十二点，给大家判出来了，咱们班除了刘壮实和徐璐写的记叙文，其他同学都写的议论文。"

"老师，我那文章是不是写得特别好啊？"刘壮实一边说，一边用右手扒拉着他的头发，竭力想使前面的头发整齐些。

"你那个啊，是文不对题，问题大了！咱们下课单聊。人家让你写的是《20年后的语文课堂》，你写的啥？重点应该突出语文课，可语文课在你文章里没有表现，你这是跑题了！"

"老师，那我的呢?"李晨问。

"行了，大家先别问了，我今天先把作文讲了，明天大家一个一个找我面批作文。咱们接下来上课。跟你们都说过 800 遍了，审题立意，审题立意，审题立意! 大家怎么就不审题呢? 人家让你谈磨炼，你们谈的是啥? 我是不是跟你们说过，不能同义词替换? 人家让你谈磨炼，你就别谈坚持，有的同学顺着坚持就飞出去了，飞到千里远，拽都拽不回来。人家题目让你谈磨炼，你就谈磨炼，从头要谈到底。我们上周刚讲了'引提议连结'的议论文结构模式，这回同学们全都是按照这种结构写的。前几天我们备课组的在一起议论，其实有时候也挺纠结的。我们教了同学们新东西吧，同学们接受能力强，刚教了就会，但以前教的就忘了，这回我一个'起承转合'式的文章都没看见! 同学们写文章一定要灵活。你写的文章得有针对性，议论文的用处是什么啊? 是解决问题用的。你提出的论据证明你的论点以后，你得回到现实，往现实情况靠一靠啊! 提及一下现实里存在的问题，如何运用你的观点来解决问题，这样的议论文才能上升一个高度。同学们，我说话你们怎么就不听啊! 行了，下面咱们来看看范文。"

张莹老师说了一大串，同学们能懂的都懂了，不懂的还是不懂。椭圆梭认真地听着张莹老师的讲课，不停地作着笔记。语文在高考的总分中占 150 分，所以，对于语文这门课来说，他不敢掉以轻心。其实，数学、英语、物理、化学、生物也是高考科目，他同样不敢放松。

因此，椭圆梭每科都准备了一个错题本。把每一次考试的错题都写在错题本上，然后一一改正。不会的题，就找老师请教。他认为，不懂就不要装懂，装懂就是饭桶。

第十一章　你是人间四月天

　　通过高一一年的过渡，同学们都适应了高中生活。剪刀禹、椭圆梭、安苯酚、徐自动属于那种适应能力比较强的学生。

　　回看高一的学习和生活，他们都有了很大的变化，这就是成长。这一年，剪刀禹参加了学校的话剧社，可以称得上是话剧社的台柱子。因为和组织部部长的关系不错，加之做事有条理、很稳重，在换届时顺利地当上了学生会组织部部长，在校内巡查做眼保健操的情况，还有各班上操的情况，相当于我国严肃认真雷厉风行的中纪委书记。

　　椭圆梭最初是学生会外联部的干事，由于业务能力突出，很快破格晋升为外联部部长，在校外代表本校学生会，相当于我国高冷的外交部部长。同时，他还被学校评为"三好学生"以及"文体标兵"。而他和徐可莹开始熟络时，一个坏消息却从天而降。高二时，徐可莹回老家山东济南念书了，因为她没有北京户口，高考时不能在北京参加高考。

　　他们来往时，上有学校监管，下有家长治理，椭圆梭和徐可莹之间的进展却十分安稳，也没有做出格的事情，顶多就是没人的时候拉个手，有人的时候呢？就讲题呗！讲题是21世纪新青少年们谈恋爱的必经之路啊！讲题让多少对恋人成了眷属！讲题使多少校园恋借以躲过老师监管的僚机!

"你别拉我手了,老师来了!"徐可莹说。

"噢,你看这个题啊,你求个导,找导函数零点不就行了吗?"椭圆梭说。

"老师来了,咋办啊?这楼道里就咱俩!"徐可莹慌慌张张地说。

看着老师慢慢地走过来,椭圆梭淡定地给徐可莹说:"楼道这环境就是好,讲题更清净些,操场人太多,容易走神。你看啊,这道判断题是说'人运动的时候无氧呼吸与有氧呼吸产生的二氧化碳比可能是 1:1',一看就是错的。人体无氧呼吸进行乳酸发酵,不产生二氧化碳,只有进行酒精发酵的生物体,才有可能出现上述情况……"

徐可莹一边听椭圆梭讲,一边悄悄地看着老师。有时,老师就在他们附近,注意地观察着他们。而他们为了躲避老师,有时从八卦《平凡的世界》里的古风铃有怎样的风流情史到数学的调和、几何、算术、平方平均数—均值不等式;从虚拟语气及其倒装句的用法,到化学无机推断 C 元素的化合价汇总;从我国是人民民主专政的社会主义国家到孟德尔遗传定律三种方法判断显隐性状等等。反正是,你有方针,我有对策,老师与他们就像是在玩猫与老鼠的游戏。

"异地恋"三个字突然蹦出了椭圆梭的脑海,这是他经历的高中生的"异地恋"。椭圆梭有些着急,却又无力改变。高中生的异地恋跟大学生可不一样,高中生还有高考升学的压力,毕竟高考是高中三年的最后一次大考,时间非常紧张,而大学生的学习时间则相对宽松一些,朋友圈里到处都能看见大学生到处玩,到处嗨。

虽说要进行不忍直视的异地恋,但是也有一些令椭圆梭感到欣慰的地方。改革开放已 40 年，我国人民过上了幸福的日子！原来的"呜呜呜"绿皮火车到哪儿哪儿哪儿都特别麻烦，车速慢、时间长，车内环境又脏乱差，而现在的高铁则是蓬勃发展，不仅车速提升了不说，而且车内环境也有了很大幅度的改善。原来提起绿皮火车，大家的印象是那种还没进站呢，就"呜呜呜"地叫个不停，车顶还冒着黑烟，车内则是昏暗的灯光，地板上瓜子壳、烟头、扑克牌还有黑色的鞋印，交相辉映。车内人声鼎沸，有孩子疯狂的哭声，有打扑克牌的骂声……有抠脚的人，有把鞋悬在脚上抖的人，有抽烟的人，有吃泡面的人……而高铁则是"改头换面"，速度达到了 250 +/小时的速度，车头是尖尖的白色流线型，启动时的噪音也减小了不少，车内装上了带劲儿的空调，夏天凉爽，冬天暖和。座椅下面还有插座，在手机或者电脑没电的时候可以充电，给旅客出行带来方便。

高铁的出现，缩短了人与人之间往来的空间距离。从北京南站到济南，最快的高铁 1 小时 32 分钟就可以到，所以这也是不幸中的万幸。

椭圆梭想，幸亏徐可莹不是在海南，从北京到海南飞机都得飞 4 个小时，一趟来回 8 个小时，基本上一天就过去了。这也是"塞翁失马，焉知非福"啊！要是徐可莹真的去了海南，万一中秋节或者劳动节什么的放个假，想找个机会背着家人去看一趟徐可莹，只能坐飞机去，而且在路上还得花不少时间。同时，飞一趟的机票钱就不少了，得编个什么理由向父母要这笔钱呢？那样，只能勒紧裤腰带，节省饭费，再节省饭费。但真那样做的话，也是难以为继的。

换句话讲，即使有了机票钱，万一这时候椭圆梭的父母给他打电话咋办？飞机上可是要求全程关机的！要是椭圆梭的母亲给他打电话，一听"您好，您拨打的电话已关机，请您稍后再拨。The number you have dialed is powered off. Please you try again later."再过半个小时打一次，还关机；再过半个小时再打一次，还是关机！那椭圆梭的母亲就该急了！一定会动员七大姑八大姨的，满世界地找！

椭圆梭的母亲跟他一个星座，都是处女座，凡事追求完美。做饭的时候，比如在炒菜的空隙或者是热锅的时候，会抽些时间扫地、洗菜、擦柜子什么的。椭圆梭的母亲可谓是非常贤惠、勤快，但如果仅仅是这样，椭圆梭也没有什么可顾虑的，他母亲还是一个非常小心谨慎而且性子急的人。

由于椭圆梭的母亲是记者，所以平时对时事新闻了解得特别多。她对信用卡这种东西从来不感冒，因为信用卡透支坐牢、信用卡诈骗之类的新闻，她看得数不胜数，所以椭圆梭在家听到的让耳朵起茧的一句话就是："千万别随意办信用卡哦！"还有一句让耳朵起茧的话就是："身份证要保管好，不能随便借给别人用！"因为，利用别人的身份证办抵押贷款或借高利贷从而进行诈骗的人也不少！还有"不要在空白纸上写自己的名字"，因为别人加一个某年某月某日的借款单就麻烦了。

因此，试想一下，如果徐可莹去了海南，椭圆梭坐飞机前往，在空中4个小时的关机状态，万一椭圆梭的母亲打了多个电话，都提示关机，按照椭圆梭母亲的脾气，那不得急死！在这点上，椭圆梭还是心疼自己的母亲的。如果真是那样的一个结局，他只能忍痛割爱了。

北京南站距离椭圆梭家不远，坐个地铁20分钟就到了，来来回回坐个高铁都挺方便的，劳动节、端午节、国庆节都可以找个借口去趟济南，然后当天赶回来。

　　而且，坐高铁手机还不用关机，椭圆梭的母亲打电话，他随时能收到！如果椭圆梭的母亲真的打电话给他"嘘寒问暖"了，他随便找一个给学校办事的理由就可以搪塞过去。

　　如果早上8点上高铁，9点半到济南，在济南玩到下午3点，坐个高铁4点半到北京，5点到家，根本没问题。稳！但是，这一切目前只是构想而已，具体要实施，还有一定的难度。

　　如前面所述，椭圆梭的母亲是一个非常小心谨慎的人，尤其是对待身份证这种东西，椭圆梭的身份证一直都是由他的母亲保管的。但是，现在买票是实名制，需要身份证，这个问题怎么解决？哼，俗话说，有其母必有其子，椭圆梭的母亲那么聪明睿智，椭圆梭生活在一个比较富裕的家庭，从小喝进口奶粉，吃有营养的东西，自然是长江后浪推前浪，一代更比一代强，所以完全有能力和其母亲斗智斗勇。

　　徐可莹收拾完行李，提前检完票来到月台，在等火车。她的母亲汪琪雅是和她一起回老家的。汪琪雅不放心把女儿直接交给自己的父母来看管，因为老人对待孩子，多少会有一些溺爱。汪琪雅看到过太多的新闻，因为老一辈对孩子的溺爱，导致青少年成长中的问题太多，有的甚至成了问题少年。所以，她要回到济南和孩子一起生活，而徐可莹的父亲徐国栋因为工作原因，仍然留在北京。

　　徐可莹的父亲是一家报社的编辑，为人非常正直，但纵观历史上，这些正人君子都过得不太好。司马迁为人正直却逃不过宫刑的惩罚。再来看看李白，公元742年，唐玄宗天宝元年，李白受诏入京，供奉在皇帝身边。"仰天大笑出门去，我辈岂是蓬蒿人！"这句话就是那时写的，但他后来发现，自己只是皇帝身边的一个弄臣而已，说白了，就是皇帝身边有这么一个文人，能给皇帝脸上增光。李白胸怀大志，"大鹏一日同风起，扶摇直上九万里。假令风歇时下来，犹能簸却沧溟水。时人见我恒殊调，闻余大言皆冷笑。宣父犹能畏后生，丈夫未可轻年少!"李白是这样一个有雄心壮志的人，想为国出力啊，想平定边塞的战乱，想清除官宦之间的斗争啊！但是，他发现自己就是个门面，就是一个皇帝身边陪笑的"戏子"，李白当然不爽！他是一个正直的人，受不了这样阴暗的政治斗争，他开始疏远皇帝，所以最后被杨贵妃和高力士所排挤。徐国栋就是这样一个正直的人，从来不在背后说别人的坏话。他大学毕业后进入报社，一待就是十多年。可想而知，徐可莹生活在这样一个家庭里，自然是性格鲜明了！

看着停靠在月台上的列车，徐可莹慢慢开始浮想联翩：椭圆、椭圆梭、离心率、弦长公式、面积公式"ðab"、椭圆的参数方程……

她不情愿地迈上无情的列车，从此以后，她再也不能经常看见椭圆梭的笑脸，也看不见椭圆梭打篮球、处理外联部公务的潇洒身影了。

8月初秋，阳光灿烂，微风吹动，徐可莹穿着一件浅蓝色的帆布连衣裙，脚上穿着一双黑色的帆布鞋。

"走吧。"汪琪雅说。

"嗯。我就是有点不舍得这个生活了16年的地方。"徐可莹再一次呼吸了北京城的空气，虽然北京城的空气一直被大家所诟病，但此刻这一口空气却显得那样弥足珍贵，那样令人留恋……看着北京南站月台的一条条竖纹，徐可莹终于踏上了列车。

"火车一天天天天地开，我的爱人她她她在等待……"朴树的成名曲，写的是去寻找自己的恋人，但徐可莹却是在与自己的恋人告别……

列车开始缓缓地启动，开出北京南站，驶向济南。

过了一会儿，天空中下起了毛毛细雨，点点雨滴落在徐可莹身旁的窗户上，雨划过窗玻璃，留下了清晰又刺眼的印记。徐可莹静静地看着窗外的景物，有高楼，有树木……她想把这一切都印到自己的脑海里……渐渐地，雨点模糊了窗外的景物，回忆却死乞白赖地涌了过来……

临走前一天早上，徐可莹来到自己的储物柜旁，准备收拾东西。看见柜子上面自己的姓名卡片被翻了过来，空白的那一面写着"你是人间四月天，愿你一切安好"。没有留下姓名，但字迹是椭圆梭的。

徐可莹把姓名卡片抽出，一把钥匙顺着姓名卡片掉了出来。徐可莹没有在意，把钥匙放在一边，用自己的钥匙开储物柜，却发现死活也打不开了。徐可莹此刻心中十分烦恼，五味杂陈。她气愤地用手拍了下柜子，突然间，她意识到刚才那一把钥匙！她仿佛明白了什么。

"椭圆梭，你这个二货。"徐可莹用那把钥匙打开柜子，见柜子里堆满了零食。除了零食之外，还发现了一条蓝色的"鱼"，原来是一个笔袋。打开笔袋，里面放着一封信。信是这样写的：

徐可莹同学：明天你就要走了，其实我很舍不得。我明白异地意味着什么，意味着每天有无穷的思念，但是却无法相见。山东是一个高考大省，你接下来的两年里都会过得非常艰难，但我相信你，一定会取得优异的成绩，迈进理想的大学的。再说，人生没有一些磨难，一帆风顺岂不是太过于无趣了？接下来的两年里，我也会努力学习，努力奋斗，最终迈进自己向往的大学。你要记住，年轻人拥有改变世界的力量，我们将来都有可能是世界的主人。化思念为动力，将自己投入学习之中，时间就会过得很快了。希望高考后，我们再见面时，彼此为对方带来的都是喜讯……

　　徐可莹读着读着，便开始有些哽咽。是啊，我要回山东了，那里再也没有椭圆梭来鼓励我了，那里有的是没有尽头的试卷、严格的制度，我……我真的可以坚持下去吗……

　　徐可莹回想起临走前一天的事情，情绪激动了起来。汪琪雅仿佛也看出了些端倪，她明白孩子此刻正经历着什么。每个人都年轻过，谁年轻时没有被感情的事情困惑过？汪琪雅看着窗外，不知道说些什么来安慰自己的女儿。徐可莹趴在小桌板上，她利用睡觉来掩饰自己内心的伤感，就让高铁尽情地开吧！爱因斯坦的狭义相对论指出，当物质高速运行时，周围的时间将会变慢……高铁啊，你尽情地开吧……

　　列车到达济南站，徐可莹和汪琪雅拿着行李，下了高铁，此刻徐可莹的内心稍微平复下来了一些。她望着这个熟悉而陌生的城市，心想，我一定要好好学习，用尽自己所有的精力去学习，来麻木自己对椭圆梭的思念。也要争口气，像椭圆梭那样，成绩优秀。

　　"我给你爸打个电话。"汪琪雅说。

　　"喂，老徐，我和闺女已经到了济南，我跟你说一声。你在北京要好好照顾自己，听见了吗？闺女交给我带，你别把自己整得那么累。"

　　"嗯，平安到了就好，我跟闺女说两句。"

"爸。"

"你别太伤心，如果跟不上节奏的话，爸直接送你出国。别给自己那么大的压力，乖。"

"嗯。"

"把电话给你妈吧。"

"老婆，你踏踏实实照顾闺女就成，其他的交给我，等我国庆放假就回来看你们。"

"希望今年国庆，你不值班。"

"如果我被安排值班，你带着闺女来北京，咱们一家团聚。"

"嗯。那我先带闺女出站了。"

"好的。"

徐国栋此刻内心也十分复杂，他是强颜欢笑和自己的老婆孩子说出这一番话的，其实他的事业并不顺利。徐国栋不爱谄媚，不爱趋炎附势，所以很不招自己的上司喜欢。他的上司钟山郎是一所名牌大学毕业的。当然，也是最近才成为他的上司的。以前徐国栋和钟山郎都是报社理论部的编辑，原来的主任调到其他部门之后，钟山郎因为擅长和领导套近乎和在同事中表面装忠厚，升上了副主任这一职位，并且主持工作。此人过了试用期以后，夹着的尾巴终于露了出来，对领导点头哈腰、满脸堆笑，对下属则爱答不理、官气十足。徐国栋对他的做派非常反感，就按照《红楼梦》中评价迎春的丈夫孙绍祖的诗句"子系中山狼，得志变猖狂"，暗地里给他起了个绰号，叫"中山狼"。徐国栋比中山狼要大12岁，与中山狼共事也有10年了，但徐国栋万万没有想到的是中山狼一上任就拿自己开了刀。

因为徐国栋所在的报社是一家行业报，前任总编为了调动系统内读报用报的积极性，除了开设《理论》版，专门刊登专家学者的文章外，又特别开辟了《交流》版，专门用来刊登基层工作人员交流工作经验的来稿，可是中山狼当了部门副主任后全给否了，理由是稿件不是专家学者写的，理论水平不高。

徐国栋私下与中山狼交换意见，说："这是基层版，不刊登基层的文章，就与当初的办刊宗旨背道而驰了。"

"我不管，我自己看着舒服就行。"中山狼固执己见。

徐国栋没办法，只好放弃自己多年培养的作者队伍，去找专家学者约稿。但因为这些专家学者与《理论》版的编辑比较熟，对徐国栋的约稿不置可否。而每逢行业内召开学术会议，中山狼又只让《理论》版的编辑参加，不让徐国栋与那些专家学者建立联系，导致徐国栋编辑的稿件经常被中山狼"枪毙"，令徐国栋十分烦恼。

一天下午，中山狼对徐国栋说："你以自己身体不好为由，写一份调岗申请，去资料室吧。资料室的活儿十分轻松，相比理论部来讲，工资也低不了多少。"徐国栋心里和明镜一样，他知道中山狼想借机把他挤出理论部，所以坚持没有打调岗申请。但过了一周以后，徐国栋还是被调到了总编室。徐国栋清楚，这是中山狼与和他关系很好的副总编赵军暗箱操作的结果。

在报社，总编室是个谁都不愿意去的地方，工作量大、经常加班不说，拿的编辑费还少，但胳膊拧不过大腿，徐国栋只得极不情愿地接受了。

第十二章　有点疯狂有点实在

　　安苯酚在高一时利用业余时间预习了高二的有机化学，复习巩固无机推断。他还自己总结了一份化学的学案，包括在"碳链上引入羟基的方式方法归纳"，利用他父亲安笑平的关系，他还顺利地借到了一个实验室进行"醇发生消去反应产物的探究"。同时，他收获了人生的第一份感情。

　　他喜欢上了班里的女同学李薇。李薇是安苯酚的初中同班同学。安苯酚和李薇还有另外两个同学，一个叫上官矍铄，一个叫刘美美，他们四个从初中开始就是死党。两男两女，自然是不错的搭配。上官矍铄和刘美美最先成了一对恋人，但安苯酚和李薇始终保持着比朋友更近、比恋人差一点的关系。俗话说日久生情，安苯酚和李薇处的时间长了，慢慢地，他就喜欢上了李薇。

　　其实，安苯酚也曾隐晦地向李薇吐露过他的心声，但被李薇拒绝了，可安苯酚并不死心。在安苯酚眼里，李薇是他最心仪的女孩。他还是像往常一样，每天熄灯以后约她一起聊天，聊人生，畅谈理想。在这点上，李薇并不拒绝，也不知道为什么？也许就是，女孩子的心思你别猜，猜来猜去也猜不明白。

　　有些人把学生谈恋爱形容成洪水猛兽，认为谈了恋爱会影响学习。事实上，高中生在对待恋爱和学习的问题上，还是比较理性的。

只要有机会，恋爱是要谈的。学习呢，更不能丢。

徐自动在谈了恋爱之后，更认真学习了，感觉像是受到了爱情的催化。徐自动的女朋友王真兮成绩没徐自动好，总会问他问题。为了当王真兮的"百度百科"，徐自动在学习上下了不少功夫，以致王真兮问他问题时，他都能轻易而举地回答。

徐自动一直以来有个原则，就是考试不作弊。而王真兮则认为别人有作弊的，自己做一次弊也不算什么。王真兮有次考试作弊，被徐自动知道后，感到深受伤害。

下课后，他激动地找到王真兮问："你说说，你为什么考试的时候看了眼书啊？"

"我……我就是觉得别人做了弊，我就跟着作弊了。"

"那高考时，监考严格，你还能作弊吗？所以，一定不要有这样的想法，而是要尽量努力学扎实，才能在考场上如鱼得水。"

王真兮也认识到了自己的错误，认真地点了点头。

由于椭圆梭爱好打篮球，他就在学校创立了一个街球社，并亲自出任街球社首任社长。当然，别看他天天出现在篮球场上，私底下，他的学习也是非常用功的。他常常在晚自习以后回到宿舍，看同宿舍的同学都休息了，就独自跑到卫生间里学习。拿椭圆梭的话说："今天的努力，是为了明天更美好。今天不努力读书，明天努力找书读。再说，大家的智力水平都不相上下，凭什么我的成绩要输给别的同学？不行，我得努力，我得拼搏，我得奋斗，多考一分是一分。要知道，多一分能甩下很多人呢！"

椭圆梭在学习上也是自控力比较强的人。他曾说："如果连学习都掌控不了，还有什么资格谈理想呢？"

剪刀禹曾向椭圆梭、安苯酚、徐自动说过，他的目标很明确，就是努力学习，争取高考考出好成绩，上一所医科大学，将来做一名医生，而且是那种不收红包、不行贿受贿的人民好医生。

剪刀禹非常崇拜唐代伟大的浪漫主义诗人、被后人誉为"诗仙"的李白。他崇拜李白就如同李白崇拜谢朓一样。李白一生把谁都不放在眼里，就连皇帝他也如此，"长安市上酒家眠，天子呼来不上船。"说的就是李白。为什么不上船？因为唐玄宗骄奢淫逸，怠于政事。皇帝他都不放在眼里，唯有谢朓他是服了一辈子。剪刀禹是李白的终极脑残粉。他的理由如下：

第一、李白是一个很清高的人，这一点非常像苏东坡。苏东坡云："如蝇在食，吐之方快。"意思就是说："我吃饭吃到苍蝇了，吐出来才痛快！"进一步理解就是"我不低头哈腰、趋炎附势，我看你不爽我就得说出来！"这简直和李白是一模一样的。李白的代表作《梦游天姥吟留别》，是高中生的必背篇目之一，最后一句"安能摧眉折腰事权贵，使我不得开心颜"说的也是"怎么能低头哈腰阿谀奉承权贵们，惹得我自己不开心"。

第二、李白对人真诚，没有架子。李白有首《赠汪伦》写的是："李白乘舟将欲行，忽闻岸上踏歌声。桃花潭水深千尺，不及汪伦送我情。"汪伦是谁？据专家考证，汪伦就是一个朴实的村民，但对李白不薄！李白是谁？李白是大才子！宋人严羽评李白："盖他人作诗用笔想，太白但用胸中一喷即是，此其所长。"就是说别人啊，写首诗得想，然后用笔改个十遍八遍的才能写出来，李白不是。李白心中有诗，面对某些景象，才思一触即发，这就是李白的长处。可见李白的才气非同小可！而李白对一介草民完全没有架子，不像伍子胥，落难之时渔父救了他，他却心存疑惑……面对汪伦这个人，李白的想法是："你对我好，我就知足，我就满足，我就同你交好！"

第三、李白性格豪爽，为人洒脱，非常感性。这就由不得不说起《将进酒》了。唐玄宗天宝十一载（公元 752 年），李白从长安放还，南北漫游，其仕途理想幻灭是可想而知的了。而这一次，他和友人岑勋共访颖阳的元丹丘。在《将进酒》里，他写道："主人何为言少钱，径须沽取对君酌，五花马，千金裘，呼儿将出换美酒！"这是啥意思？就是说："你为啥说没钱了，就去买酒让我与你干杯吧！我的五花马、我的千金裘都让仆人拿去换那美酒吧！"李白喝着喝着酒就醉了！元丹丘就以钱少推辞，说没钱买酒了，不喝了！这原本是元丹丘请李白喝酒，这下好了，李白反客为主了。你说你没钱，我用我的财物抵押。李白就是这样一个随性、洒脱的人。

第四、李白可以说是一个最具有正能量的人了。虽然他这个人狂，"仰天大笑出门去，我辈岂是蓬蒿人！"这诗写得多狂啊！但狂，也有狂的资本，且人无完人。李白有诗"天生我材必有用""长风破浪会有时，直挂云帆济沧海"，无论遭受什么样的打击，他都是一副自信的表情。

和往常一样，晚自习结束后，大家陆陆续续回到了宿舍。椭圆梭刚进宿舍，剪刀禹就说："椭圆梭，今儿有一妹子加我微信了。"

"加呗，人家跟你说啥了？"

"其实也没说啥，就夸我来着。"

椭圆梭拍了一下剪刀禹的肩膀说道："哈哈哈，那说明你长得帅啊！"

"滚！其实我觉得那女的长得还挺好看的，只是她才初三。"

"她叫什么名字？"

"蔡雯靖。"

"那你想怎样?"

"走一步看一步呗,还能怎么样?最好能成为我未来的媳妇儿。"

"你们那儿说啥悄悄话呢?"安苯酚和徐自动从外面走进来,安苯酚问。

"我们说拉姆齐二染色定理呢,一个数学问题,你这个搞化学的听不懂。"椭圆梭对安苯酚说。

"你就在数学的世界里迷失吧,我们不懂你那些深奥的东西。"徐自动说。

"我这不是迷失,我这个叫梦想,数学就是我的兴奋剂。你学自动化以后就一开挖掘机的,你还想知道拉姆齐二染色定理?你先去学学拉格朗日中值定理再来跟我们卖萌吧。"椭圆梭的话里带着刺儿。

"懒得搭理你。"徐自动和安苯酚一同说。接着,两人上床,躺在床上抱着手机玩。

这时,剪刀禹拿起手机同蔡雯靖微信聊天。椭圆梭看着他,偷笑着,心想,这个剪刀禹,曾经说过高中不谈恋爱的,如今,那种所谓的坚持都是浮云,还是没能抵抗得住身体里的荷尔蒙旺盛的躁动。

段潇波和王钰是最后进入宿舍的。进入宿舍后,段潇波就躺在床上看他的漫画书,王钰则躺在床上用手机打游戏。

椭圆梭掏出他的"古董"手机,看了看时间,觉得离熄灯还有些时间。他还是老规矩,想熄灯后假装去上厕所,然后去那里悄悄学习。

说到他的"古董"手机,是有一段故事的。椭圆梭原本有一部智能上网的手机,因为在高二刚开学不久,学校有了两次考试,一次月考，一次期中考试。月考成绩班级二十九名、年级七十二名；期中成绩班级三十名、年级六十八名。两相比较，在班级退了一位，年级进了四名。但较之上学期的期末成绩，班级第二、年级第九的成绩，降幅较大。因为这个原因，椭圆梭那个周末回家，他母亲与他有了一次有关学习的长时间的沟通。母亲问椭圆梭："你对这次的成绩怎么看？"

"不满意，我虽然努力了，但提高不明显。上次的月考失败，导致期中考试紧张。还有，主要是我数学没考好，在做数学题时，反应慢，我只要把数学成绩提高就是了。"

"你希望得到我的帮助吗？"

"不需要，我多做题！"

对于椭圆梭的不需要帮助，在他母亲看来，没有那么简单。因此，他母亲说："学习不光是做题那么简单，还有学习态度、学习方法以及合理的利用时间。你知道吗？上学期，你的成绩应该是不错的，与这学期的差距太过明显，我们能否与上学期在学习上作个对比，看看究竟会有哪些不一样？"

于是，椭圆梭的母亲拿出纸笔，与他一起分析原因，然后作出了对比。

首先是学习态度上。上学期，每节课，椭圆梭基本能做到不说话，认真听老师讲课，记好笔记。基本做到课前预习、课后复习。而这学期，上课偶有说话。在副科上，不认真听讲，而是做其他科目的作业。

其次是学习方法上。上学期，他合理地利用课余时间，不作无用的社交，不玩手机，更不会在QQ以及微信上浪费时间。而这学期，社交活动增加，同时，在QQ及微信上浪费了不少时间，也导致了学习上的分心。

最后是课余时间的利用。上学期，除了打球，便是看书学习。而这学期，打球的时间极少，但睡觉的时间多了。他认为作业多，加上数学、化学的难度，自己反应慢，导致做作业的时间拖长了。

不对比，不知道，一对比，椭圆梭自己都觉得惭愧。他认识到了自己的问题，决定首先从学习态度上去改变自己，严格要求自己。毕竟态度决定高度，在学习上也不例外。他不玩手机，不上 QQ 及微信了。为此，手机换成了"古董"式，只能打电话、发短信，没有上网功能了。

这一招还真管用，自那以后，椭圆梭的成绩一溜儿烟地上涨，最后进入了年级前二十名。

椭圆梭坐在床上，想到了他的街球社，于是大声说："同志们，我觉得我有必要为街球社做些什么了。我觉得我们街球社不能光有一个街球社的名儿，而啥也不干，除了天天打球，这样很散乱，没有街球社的样子。"

"我觉得可以拉点儿赞助，给每个队员买件球衣、日常训练要喝的水啊之类的。"剪刀禹提议。

"赞助这个提议很棒。"椭圆梭说。停了几秒钟后，他接着又说："像拉赞助这种东西，第一得有资本，我们街球社刚刚成立，没参加过什么大型的比赛，我们也没有名气，那就只能借势了。借势这种东西，是一门学问。借学校老师的势，出去拉赞助又没有影响。借家长的势呢，别人也不一定买账……"

"借你妈妈的势，她是名人，肯定能成。"徐自动说。

"我妈妈是记者，她要避嫌的，不成。"椭圆梭断然拒绝。

"唉，你们看啊，这儿有一新闻，奥巴马和失业的工人一起喝酒。你看这奥巴马也挺好玩的啊，一个总统一点架子没有，皮带也没系好，松松垮垮的，跟人干杯。"安苯酚说。

"奥巴马这人倒是挺有亲和力的啊……有了！借奥巴马的势！我给奥巴马写一封信，婉约地表达一下我们街球社的梦想，如果他回我们信了，我们就拿着他的回复去拉赞助，不是更有说服力吗？"椭圆梭仿佛找到了突破口。

心动不如行动。椭圆梭也想到了在一篇文章中看到的一句话："拥有财富的人，多有追求智慧的冲动，因为他们有行动的力量。"于是在第二天早晨，他早早起床，前往社团联盟办公室，打开电脑，搜索"White house（白宫）"，找到"Contact us（联系我们）"的选项，选择"President Obama"（总统奥巴马），然后就开始在页面中输入：

Dear President Obama：

I appreciate it if you can read my letter. I am senior student from Beijing, China. The reason why I wrote this letter to you is I recently founded a Street Basketball Club and I need your support. As far as we concerned, America is the origin place of basketball, and there , in America , basketball gets improved and more and more excellent basketball players were born, like "Kyrie Irving" "LeBron James" "Kobe Bryant", etc. It is the belief of escaping freedom makes America a good place in spreading basketball culture. So we founded a Street Basketball Club to improve our skills. I have ever seen the photos which you invited the "Golden State Warriors" basketball player Stephen Curry into the White House. It is no doubt that you have the same passion for basketball, as well! However, our parents forced us to focus on study instead of the basketball. But I think it is no need spending all our time on study, we were born to be creating and changing the world instead of a machine to copy all the formulations and theorems. We sincerely want to gain your support. And I am sorry to interrupt you.

Best wish.

Yours, Lucien.

亲爱的奥巴马总统：

我很荣幸您在百忙之中读到我给您写的信。我是一名中国北京的高中生。我给您写信的原因是因为我最近成立了一个街球社团，我需要您的帮助。众所周知，美国是篮球的起源地，之后篮球运动在美国得到很大的改进。很多优秀的球员都诞生在美国，比如"凯里·欧文""勒布朗·詹姆斯""科比·布莱恩特"等等。正是美国追求自由的信仰才使得美国成为一个很好的地方去发展篮球文化。为了提高我们的篮球技术，我们成立了街球社团。我曾经看见过您邀请"金州勇士队"球员库里参观白宫。可见您对篮球也抱有巨大的热情！然而，我们的父母却让我们将精力放在学习上而不是篮球上，但是我认为我们现在没有必要把所有的时间都放在学习上，我们每个人生来是用来创造、改变世界的，而不是一个只会机械地学习公式和定理的机器。我们真诚地希望得到您的支持。给您带来的不便，请您谅解。

祝您一切顺利。

卢西安。

椭圆梭在页面点击"send"（发送）键，坐在靠背座椅上伸了伸懒腰，长舒了一口气，他想着，这社长啊，还不是那么容易当的呢！

安苯酚的人生信条是"和多个女生聊天并没有大碍"，所以他除了与李薇保持密切联系之外，还一直和王真兮、李子超保持着联系。他曾说，高中的爱情是用来学习的，是为大学或者大学以后练手的。

对于李薇，安苯酚对她的评价是最好的，说李薇有很多东西能和他聊到一块儿去。李薇和安苯酚都是班里的化学课代表，李薇负责收化学作业，安苯酚负责发化学作业。每次考完试，李薇负责判卷子，安苯酚负责登分。他俩都十分爱好化学，安苯酚的理想女朋友就是"能够和自己聊学术问题，又能够善解人意，最好会做饭，有责任感"。

对于李子超，安苯酚对她的评价是过于聪明睿智，只要你一打开手机，她就知道你点开的是哪个 APP，这种女生太可怕，所以安苯酚也没有想过同李子超深度交往。

对于王真兮，安苯酚对她的评价是太傻，不适合当女朋友。徐自动当然是不乐意了，也是不愿意听的，毕竟王真兮现在是自己的女朋友，哪能让人这么吐槽？但毕竟是哥儿们，他也只能像"猪坚强"一样，默默地忍着。

尽管王真兮与安苯酚有点情感上的瓜葛，但徐自动还是选择了接受，谁让他喜欢人家呢？在爱情的世界里有这样一句话，谁先表白，谁先死！这里说的死，不是死人的死，而是妥协、投降、被对方降服。

徐自动发自内心地一如既往地对王真兮好。在情感上他比安苯酚专一，在做事上也非常认真。在所学科目中，生物这门课是他拿手的一科，多次取得年级第一的名次。

在校园里有这样一句话，学习理科的同学动手能力都不差。高一上学期，徐自动和椭圆梭、孙云生、李天云一起参加了"全国大学生建筑大赛高中组——结构设计方向"的比赛。

孙云生的手工制作能力非常强，会用纸折飞机、坦克、玫瑰。

李天云却被同学和老师们称作"李因斯坦"。"李因斯坦"这个名字就是取自于大科学家"爱因斯坦"。提起爱因斯坦，大家心中浮现出来的一定是"凌乱的头发，扣子也没系齐，衣服裤子松松垮垮的，永远挂着一副和蔼的笑容"。爱因斯坦是 20 世纪杰出的天才，因一个动能定理解决了困扰世人已久的光电效应问题而获得了诺贝尔奖的垂青！而其著名的"相对论"也是物理界一根难啃的骨头，据说现在还有很多物理学家没有摸透相对论呢。

李因斯坦和爱因斯坦类似，但也不完全相同，只是外表和着装的风格类似罢了。李因斯坦也是一头乱乱的头发，虽然乱但头皮屑倒不至于有，他还是勤洗头的。穿衣的风格倒挺像爱因斯坦的。有一次，他把外套的拉链拉开，里面的衬衣根本就没有把扣子系上。

李天云可谓是 1 班最爱学习的人了。他无时无刻不在学习，就连午休、课间都在复习、做作业。他忘我学习的境界令其他同学折服。在找老师答疑时，李天云见别的同学也在找老师答疑，便直接推开正在问问题的同学，将老师答疑的机会占为己有……

同时，班上每周都会换一次座位，就是为了让所有人都能轮到第一排、第二排、第三排、第四排、第五排、第六排、第七排的位置。但他为了更好地听课，拒绝从第一排的位置挪窝，所以他长期位居第一排的老位置。甚至有一件事，更让人咋舌。有一次，上体育课打羽毛球，对方打过来的球正好打到了王钰的右眼上。王钰的右眼肿了很大的一块儿，送到医院，医院检查说以后可能会有青光眼的危险，而王钰此刻右眼可视程度几乎为零。闭上左眼，王钰的世界便陷入了一片黑暗。王钰从医院回来后，老师让李天云和王钰换一个位置，让王钰从第三排换到第一排，李云天却断然地拒绝了。

言归正传。这个比赛要求是：设计一座纸桥，需用 5 斤的铁球承重 10 秒钟，承重成功者获得 60 分，答辩 10 分，纸桥设计理念 30

分。他们的队伍名称叫作"克莱因瓶里的莫比乌斯带"。

"克莱因瓶里的莫比乌斯带"组设计的大桥支撑部分为三角形结构，桥面与桥梁搭配为三角形结构，横梁与桥梁也形成三角形结构，以保证桥系统拥有相当可靠的稳定性！负载部分为桥面，桥面由约为 10 层的报纸粘合而成，提高了抗压强度并且采用正方形折纸与桥梁并列粘合的方式，这样能最大程度上使负载分散在每一个部件上，达到最大负载的作用。同时在受力部分的下方，他们专门安装了一个名为"学森筏"的创意产品，意在增大受力面积，减小压强，在最大压强范围内提高桥面的承载能力。桥梁均由 3 根 6 层的实心纸棍卷成，确保了桥梁的拉伸强度和稳定性。

他们的方案构思也十分巧妙：受斜拉桥的启发，将这次设计的主题定为"直拉桥"，桥面长约 1m，宽约 10cm。因为大赛组委会规定报纸为唯一材料，就是根据报纸抗拉力、抗压力能力强而抗弯折的能力弱的特点，设计出将弯这里转化为拉力的压力的结构。

最终，他们设计的桥在测试环节获得成功。

PPT 的展示环节，由椭圆梭负责，他的讲解非常出色，而答辩的环节更是精彩。评委们想要故意刁难参赛选手，他们认为："你们这个桥做得很好，用来参加比赛，符合承重要求，是一个好的结构，可是如果不是用来比赛，请问这座桥有什么用处？"

对于这个问题，椭圆梭提出"理论与实际相结合才能相得益彰"的观点。而孙云生回答得更是机智果敢："老师，您好！首先大赛组委会规定我们把这个承重铅球放在桥上，我们就把它放桥上；说让我们放在中间，我们就放在中间。我们不瞎弄，大赛组委会让我们干什么，我们就干什么。"

这个回答惊艳了全场，大学生参赛选手们都笑了起来，连评委也带头鼓掌！最终，"克莱因瓶里的莫比乌斯带"队获得了第 1 名的成绩！

第十三章　别出心裁的招新

新学期开学后不久，椭圆梭和剪刀禹就开始了学生会的招新活动。

学校拥有五大学生组织：学生会、社团联盟、飞翔杂志社及电视台、团委、好珩校园文化中心。

社团联盟是海淀中学社团的管理层。海淀中学的各大社团数不胜数，有足球社、街球社、B-box 社、音乐社、街舞社、模联社、自行车社、羽毛球社……各个社团在每周都会举行活动，每个学年结束之后会进行社团联盟主席团主席的换届选举。社团联盟主席团是由各社社长和一位主席构成。主席是经过各社社长投票从社长中选出的。

飞翔杂志社是由一名教师指导、学生们负责编辑的校刊。至今已经办了快 100 期，吸引了许多学生参与。

飞翔电视台是由一名专业教师指导、学生们负责的电视台。每当足球赛、篮球赛、校庆活动、学生会活动时，总少不了他们的身影。甚至在 APEC、抗洪救灾现场他们也曾经出现过。

团委是中国共产主义青年团委员会的简称，主要负责发展新团员以及收团费。

好珩校园文化中心，其性质类似于学生创建的公司，主要是设计并售卖与校园文化有关的产品，比如校服熊、明信片、校徽……

在学校的前小院，外联部、组织部已经立好了两块公告牌，公告牌旁分别放着两张桌子和两把椅子，椅子上坐着椭圆梭和剪刀禹。

"唉，禹儿，我跟你讲，你们那个组织部根本没人去，多 low 啊！"椭圆梭对剪刀禹说。

"你别狂，你就等着外联部被组织部合并吧。"剪刀禹说。

"你好，请问外联部一般都负责什么呀？"一位戴着眼镜、长得比较黑的女孩儿率先向外联部招新处走了过来。

椭圆梭说："外联部负责学校学生会的对外交流活动，包括学生会与学生会之间、学生会与社会之间，甚至包括学校与社会之间。举个简单的例子，外联部在招新后的一项工作就是咱们的圣诞快递活动，就是学校学生会负责将同学们想送给外校同学的圣诞礼物送出。当然我们不是作为快递员一个一个去送礼物，而是选择一个地点进行礼物的交接。我们也会有与北京电视台的交流合作，比如去年咱们学校参加北京电视台的'状元榜'栏目，就是咱们外联部负责的活动……除此之外还有很多，总而言之，外联部的工作职责和外交部比较像。"

"好的，那你给我一份表，我填一下吧。"那位咨询的女同学说。

接着，又有同学走过来，看了看，说："给我一份表吧。"

招新工作在忙碌的一天中结束了，这一天主要负责对有意愿加入学生会的同学发放报名表，填报之后负责统计报名人数，3 天后进行面试。

"来，第一个，你叫啥名？"

"部长好，我叫李泽成。"

"你为啥想来组织部？"

"因为我觉得组织部的工作平凡而又伟大！组织部不像外联部在外事交流上尽显风采，组织部的人总是默默地付出。在同学们做眼保健操时，他们坚守在自己的岗位；在同学们做课间操时，他们牺牲了自己锻炼的时间……于无声处听惊雷，于平凡中见伟大，这就是我想要加入组织部的原因。"

"你的回答很精彩，回去等信儿。如果你通过面试，我们会短信通知你。"剪刀禹说。

"你想加入外联部？"

"是的，部长。"

"很好，那你给我讲个笑话吧。"

"啊，这个，这个……"

"算了，下一个，你面试失败。"

"你想加入外联部？"

"对的。"

"你学过跳舞吗？"

"没学过。"

"那你给我唱首歌吧。"

"好的。"

"恭喜你成功加入外联部。"

"你想加入外联部？"

"对啊。"

"那你给我跳一支舞吧。"

"没问题，我没学过，可能跳得不好。"

这次，最终外联部招新 15 人，组织部招新 13 人。椭圆梭独特的招新方式，也引起了一阵热议。

"你招新面试，让人家跳舞干吗？"

"我觉着啊，这个外联部说俗点儿就是搞外交呗。"

"对啊，但这个跟跳舞有啥关系？"

"外交重在啥？重在自信，一个不自信的人，是搞不好外交的。"

椭圆梭向来都是一个思想与常人不太一样的人。他非常仰慕爱因斯坦和乔布斯。乔布斯在他的心里是一个大神级的人，出众的口才和强大的现实扭转力场让椭圆梭被乔帮主迷得神魂颠倒，比如乔帮主在小学的时候和同学一起出去春游，乔帮主没有穿夏威夷衫，但是在春游结束拍集体照的时候，乔帮主却穿上了夏威夷衫，原来他成功地说服另一名同学把夏威夷衫换给他穿。乔帮主这个人性格也非常怪，这也导致很多人都忍受不了他，比如你是乔帮主手下的一个员工，你想出来一个非常棒的点子，乔帮主听完就会说垃圾话："你这个想法就是一个垃圾，我不能接受它。"但是可能过了一周以后，他就会来找你，和你说他想出来一个点子，和你一周前提出的点子一模一样，而且他还不会承认那是你提出的点子！乔帮主是一个非常多变的人，但是乔帮主的现实扭转力场是很多人都无法抗拒的东西，简单点来说就是，他出众的口才会忽悠得让你认为你几乎无所不能！为什么叫现实扭转力场，也就是他出众的口才可以"扭转现实"，而且还可以让你相信你也可以"扭转现实"！

由于对乔帮主出奇的追随，导致了椭圆梭不愿意像一般的面试那样提出"你为什么想要到这个岗位工作"这样的问题，因为换作椭圆梭回答，他也不知道如何回答，因为他当初进入外联部，就是因为好玩！

学生会招新工作进行完毕之后，社团招新工作也准备开始了。社团的招新工作与学生会不同，社团招新不需要面试，只要你爱好它就可以加入！同时也要交 20 元的社费，用于社团的正常开销，比如羽毛球社租用场地、篮球社买篮球等等。椭圆梭身为街球社的社长，在学生会招新工作结束后，进行了街球社的招新工作。

椭圆梭是一门心思想要办好街球社，甚至给奥巴马写了一封信！可惜，总统事务繁忙，并没有及时回复。至于赞助的事，他也只拉来了 700 多元钱。椭圆梭有时也想，自己根本没有足够的精力平衡外联部和街球社，纠结之下，他选择了外联部的工作，将街球社社长的位置让给了另一名社员……

第十四章　鬼使神差

2015 年 10 月 1 日，徐可莹和母亲汪琪雅利用国庆假期这几天，来到北京与她父亲短聚。到北京后，徐可莹就赶紧给椭圆梭发了短信，说她到北京了。

当时，椭圆梭正在家里做作业，收到短信后，非常吃惊，接连发了两遍"真的吗？别逗我玩"。

"骗你是小狗。"

"今天什么时候有时间，咱们能见面吗？"

"下午两点，咱们在肯德基见吧。"

"好。"

知道徐可莹到了北京，椭圆梭对他母亲说："妈妈，我现在去书店买两本书，然后再去图书馆还书，中午就不在家里吃饭了，下午五点之前到家。"

椭圆梭的母亲在电脑前写稿子，眼睛盯着电脑屏幕，两只手在键盘上敲着，回答着："好的。"

"那我一会儿就走了。"

"身上有钱没有？"

"还有。"

椭圆梭以买书、还书的理由打个时间差去见徐可莹。这样，既可以瞒着母亲，又能与徐可莹见面。当然，他也非常了解他的母亲，只要他买书、借书，或者说与书有关的事，他母亲都会支持。

椭圆梭整理了一下书包，然后就出门了。他先去了图书馆，把上次借的书还了，接着又去了书店，在那里买了两本书，最后直奔肯德基。

他到那里时，徐可莹还没到，他便悠闲地一边等着徐可莹，一边捧起手中的《檀香刑》静静地看着。书中的钱雄飞真是一条好汉，刺杀袁世凯被抓住凌迟千刀万剐，却十分冷静，一声不吭，双目冷酷地盯着袁世凯丑恶的嘴脸……挺身而出的勇士容易丧命，可现在又有多少勇士？现在又有多少正直和善良的人在当今浮夸的社会下闪耀着光芒呢……

这时，一条短信进入了手机，椭圆梭看了看，是徐可莹发来的，问："智障，你在哪儿呢？我快到了。"

椭圆梭回答说："我已经到了。"

远处，徐可莹慢慢地走了过来，她的脸上充满了笑意。这是两人分别后的第一次见面。

椭圆梭带着徐可莹在肯德基待了一会儿，一起喝了可乐，吃了汉堡就出来了。由于都是学生，手里也没钱，只能压马路，东看看，西瞧瞧。椭圆梭一路上还总是分心，总担心他母亲来电。没见面时，有着满满相思浓浓情，但见面时，那些你情我爱像潮水一样退却，没有了踪迹，感觉是那么的平淡。

下午4点20分，椭圆梭乘坐地铁回家了。到家时，正好5点。想到这一次，自己悄悄见了徐可莹，他忍不住有些小激动。这是他第一次做出这番惊天动地的大事，也是第一次瞒着母亲去见人。他觉得，爱情的力量太大了，会使人鬼使神差踏上征途；爱情是一剂迷魂药，迷惑着行走在爱情路上的人……但，爱情也是一种神奇的加速催化剂，提高了人生进程的活化能，让在情感中的人成长、成熟。

同时，椭圆梭也想起了上一届学兄学姐的话：高中时期的恋爱经不起"高三期"的考验。而自己与徐可莹的恋情能否经住"高三期"考验呢？

国庆假期结束，徐可莹又回到了济南。而徐可莹在北京的一个星期，椭圆梭只与她见过一次。因为10月2日，椭圆梭跟着父母去上海旅游了，直到假期结束前一天才回来。到家后的第二天，椭圆梭回到了学校。

"椭圆梭，你还记得我原来跟你说的那个蔡雯靖吗？我昨天跟人家表白了，但人家拒绝我了。"剪刀禹对椭圆梭说。

"为啥啊，她没说原因吗？"

"我咋知道，我之前跟她聊得挺好的，几乎天天都聊。"

"人家不是中秋节的时候还送你卡片了吗？而且还送你巧克力了，你还给我们都尝了一口。"

"是啊，话是这么说，可是我先送给她礼物的，而且她也不光送给我礼物，还给其他人送了。"

"你说，人家天天跟你聊天，结果你跟人家表白还被拒绝了？这是什么鬼逻辑？00后的逻辑我真不懂。"

"其实，她也不光跟我聊天，也和你们班的李晨聊天。上次，咱们学校校园开放日，她不是来了吗？她当时带给我一份礼物，后来是李晨给我拿过来的。"

"李晨？他不会是横刀夺爱吧？要是那样，那你可不一定能抢得过他。"

剪刀禹若有所思地说："其实，我也看淡了这些东西。男女之事，现在谈这些都还为时过早。你说谈个女朋友吃饭看电影啥的，花不花钱？花！对吧？而且你花的是自己挣的钱吗？花的还不是父母的钱。昨天我朋友圈里有一个学生说'花了几百块钱买的一条牛仔裤，家长说丑，自己表示不懂家长的审美'，而且那条 PYQ 里还有一些'国骂'，即'他妈的'。现在这些小孩儿用钱也不心疼，用了家长的钱也不知道得个便宜卖个乖，还说这说那，跟更年期差不多。家长叨叨几句，听着就得了，直接就翻脸还算啥孝顺？《弟子规》说得好：'父母呼，应勿缓。父母命，行勿懒。父母教，须静听。父母责，需顺承。'现在，好多孩子当着父母面就尥蹶子，我算是明白了，全让国外文化给同化了！"

"停！停！停！不是说你和蔡雯靖的事吗，怎么扯那么远了？"

"我就从谈恋爱花钱的事引出去的。那我接着说啊。你看苏东坡说得多好：'苟非吾之所有，虽一毫而莫取！'如果不是我的东西，即使很微小，我也不会去拿。说白了，就是蔡雯靖不是我的菜，我就不去争取了。强扭的瓜不甜嘛！是不是这道理？"

"你能这样想，很好！禹哥。"

"你和徐可莹怎样？"

"暂时没有问题。"

"加油！"

进入 12 月，商场、酒店、超市等地方，挂着彩灯，拉着标语，摆放着圣诞树等，为迎接圣诞节的到来，拉开了促销活动的序幕。

随着圣诞节的临近，韦迪校际联盟的圣诞快递活动又要开始了。

韦迪校际联盟的圣诞节工作筹备大会正式在海淀中学召开。来自22所高中学生会的代表再次共聚一堂，讨论此次圣诞快递事宜。圣诞快递的服务对象包括韦迪校际联盟的成员校，以及其他一些报名参与校。其工作流程，首先要收集好同学们想要发出的礼物。接着，选取一所学校进行礼物交接。然后，拿着送往自己学校的礼物出发就可以了。如果哪位同学有什么想送给上述学校同学的礼物，只需要填写好单子之后和物品一起交给本校外联部，然后静候佳音。

第二天上操时间结束后，椭圆梭与体育老师打好招呼便开始宣布此次圣诞快递的具体事项。并说，明天是周六，希望大家下午两点钟准时到校，地点就在操场上。

外联部的同学守时守信，在约定的时间到了学校，他们开始分类装箱需要快递的物品。某学校的放在一起，某附中的放在一起，某实验中学的放在一起等等。他们要赶在规定的截止日期前做完这些事。

由于外联部的人手有限，还向组织部借来了周宙，向体育部借了崔怡梓。经过大家的通力合作，终于在两个小时内完成了圣诞快递礼物的分装工作。

分装完来自各个学校的快递物品后，崔怡梓和周宙在学校附近的快餐店吃了晚饭，然后一起去课外班上高二数学课。他们要去的地方是公主坟的"学而习"培训机构。这个机构的名称取自于"学而时习之，不亦说乎"。

他们坐上一号地铁线，便开始聊起天来。

崔怡梓问："周宙，你看过《挪威的森林》吗?"

"怎么没看过，小黄书嘛，村老爷子（村上春树）的成名作！我觉着村上春树其实也挺可怜的，每次都是诺贝尔文学奖的陪跑者，多次被提名，可一次也没获奖。不过我看他的心态倒是挺平和的，自己开了家小酒吧，也算是富有生活情趣了。"

"我觉得黄书倒不至于吧，毕竟那些看似出格的描写都是为了丰富书中内涵的。那照你这么说，《黄金时代》也是黄书喽?"

"《黄金时代》确实也写得露骨，陈清扬和王二的插队生活，哈哈哈，也算是突破了当时的一些禁区，我觉着叫《黄色时代》比较合适。"

"我觉着你这看法有问题，你不能单纯把这些东西归为黄色，咱们窦老师不也讲过这个问题吗，说一帮小孩儿看一黄色录像带，有一个小孩儿却无动于衷。其他小孩儿都看得带劲，一个个叫好，那无动于衷的小孩儿说：'这个录像带只是一个录像带而已，你的心是什么样，你看到的东西就是什么样。'所以，应该摆正心态，去正确地审视这些东西。"崔怡梓说到这儿，停了几秒钟，接着又说，"其实，我非常喜欢王小波，他的语言特别犀利，人特别有思想，他能把特别有思想的东西通过特别有趣的故事讲出来，比如在文章《沉默的大多数》中'苏联三十年代，有好多人忽然就不见了，所以大家都很害怕，人们之间都不说话。邻里之间起了纷争不敢打架，所以有了另一种表达情感的方式，就是往别人烧水的壶里吐痰。顺便说一句，苏联人盖过一些宿舍式的房子，有公用的卫生间、盥洗室和厨房，这就给吐痰提供了方便。我觉得有趣，是因为像肖斯塔科维奇那样的大音乐家，戴着夹鼻眼镜，留着山羊胡子，吐起痰来一定多有不便。可以想见，他必定要一手抓住眼镜，另一手护住胡子，探着头去吐。假如就这样被人逮到揍一顿，那就更有趣了。其实肖斯塔科维奇长什么样，我也不知道，我只是想象他是这个样子，然后就哈哈大笑。我的朋友看了这一段就不笑，他以为这样吐痰动作不美，境界不高，思想也不好……' 这一段描写的是人们因为沉默互相不说话而引起的闹剧，表现了人与人之间相互沟通的重要性。我觉得王小波如同一个小孩儿一般，对世界充满了怀疑和好奇。"

在崔怡梓的侃侃而谈中，周宙看着她那眉飞色舞的样子，突然被她深深地吸引，顿时对她产生了强烈的好感。

"你说得很有道理，长篇大论的。下一站该下车了，咱们走到门口去吧。"周宙说。

一站的时间很短，不到 3 分钟。崔怡梓和周宙出了地铁站，沿着一条马路走去，不到 5 分钟，就走进了教室。他们领完讲义之后，在最后一排挑了两个位置，便准备开始上课了。

今天讲课的老师是詹平老师。他是学而习的顶级名师，皮肤黝黑，头顶着一个标准的三七分，高中时期参与多次数学竞赛并取得一二等奖的好成绩。他坚信："没有学不好的学生，只有不称职的老师！"所以他对学生十分耐心，为了让同学们都能听懂，甚至一道题会讲好几遍。

"好了，同学们，咱们班陆陆续续地都到齐了，咱们就开始上课了。今天我要讲的是不等式的证明。不等式证明的方法有放缩法、构造函数法……"

周宙和崔怡梓一边听课，一边悄悄聊天。他们的声音很小，基本上就他们自己能听见。这一晚上的上课时间，他们聊了很多，从王小波聊到李银河，从李银河的社会学扯到了魔幻现实主义，从魔幻现实主义聊到痞子文学，从痞子文学聊到王朔、葛优……

他们越聊越欢，聊文学、聊人生，感觉像是志同道合，也像是《平凡的世界》中的田晓霞和孙少平。欢乐的时光总是过得太快，转眼间，晚间的课就结束了。

周宙问："对了，你家住哪儿啊？"

"我们家？我家在空军大院啊。"

"不会这么巧吧？我家也是！"

"那就一起走吧，还能聊一路呢！"

两人又聊了一路。从上课的地方聊到地铁站，从地铁站聊到空军大院。两人像是刚刚在一起的情侣，有说不完的话。

"你着急回家吗？"周宙问。

"不着急。要不，咱们在院里遛一遛吧。"

"好啊。"

两人朝着大院的深处走去，都没了言语。这种感觉是最为美妙而又尴尬的，两人互相都明白对方心里在想些什么。此刻，两人的关系十分微妙，从同学到恋人仅一步之遥，隔着一层薄薄的窗户纸，只需要一个人轻轻地捅破这层窗户纸就可以了，但也有尴尬。因为刚刚经历了如火如荼的畅谈，现在两人却一句话也没有了，像《平凡的世界》里的孙少安和田润叶。田润叶向孙少安表白时，两人陷入了尴尬之中，孙少安还像一个大哥哥一样安慰着她，和她一起下田去玩。

周宙和崔怡梓无声地漫步着，像是没有目的，像是走不到尽头。周宙抬头望了望天空，天空像一张黑色的幕布，星星不知道躲到什么地方去了。也许，它们在偷偷地观察着他们的动静。那一首《2002年的第一场雪》在周宙心底响起。他想，现在要是下起雪来，该多好啊！飘飘洒洒的雪下着，他和她走在雪地里，该是多美的一幅画面啊！

他瞥了一眼身边的崔怡梓。她上身穿着厚厚的纯白色羽绒服，下面是条白色的校服裤子，头上戴着彩虹色的线织帽子，围着黑白格的线织围脖，手上戴着一双夹绒的手套。她将手揣进羽绒服的兜里，嘴里不时哈出冷气，眼睛一直紧盯着前方。

崔怡梓首先打破僵局，说："这几天气温急剧下降，我感觉有些冷了。"

这句话暗示着什么？周宙的脑海里迅速掠过一些精彩的画面。把自己的羽绒服给她？不，这样太俗了。他沉默了一会儿，把崔怡梓揣在兜里的手拿出来，将自己的手和她的手牵在一起，揣到了自己的兜里。

崔怡梓没有反抗，表示同意了。他牵着她的手一起走了一段后，在一棵大树下停了下来。他朝四处张望了一下，没有人。他看着她，然后将她拥入怀中。

崔怡梓有些不好意思。她没有看周宙的脸，眼睛依然盯着前方。

周宙在她耳边说："我们，在一起吧。"

元旦即将来临，学校响应国家假日办的号召，将放假一天，加上周六周日，共计三天。

椭圆梭计划在这个假日去济南。想到即将放假，他拍了下脑袋，自个儿傻笑着说："哈哈！徐可莹，你小子等着我来慰问你吧！"

打定主意后，椭圆形提前给他母亲去了电话，编造了一个理由，说是他们学校要参加区里组织的学生会的活动，他作为代表要发言，因此，这个假期不回家，跟着带队老师住酒店。麻烦他母亲把西服和身份证带到学校去。

他母亲接到电话后，第二天就把他要的东西送到了学校。在椭圆梭母亲的教育观里，只要学校不给她打电话，就说明孩子没啥大问题，她非常相信学校。

事实上，椭圆梭编造的理由也有可信的一部分，只不过活动是在元旦节前举行的，他把活动的时间说成了元旦期间。

人们常说"做贼心虚"。椭圆梭给他母亲打电话时，声音是发颤的，心跳得老快，但脸上是阳光灿烂的。

当他站在操场上挂断电话后，徐自动朝他走了过来，问："你丫要干吗啊，这么开心？"

"我啊，我打算元旦去看一看徐可莹。"

"那你带我去呗。"

"行啊，不过，你妈准你去吗？"

"那我给我妈打个电话啊。"

徐自动说着就掏出电话，给他母亲拨过去："喂，妈，元旦我想跟椭圆梭去济南玩玩，可以吗？"

"都啥时候了，还玩，快高考了！"

"高考还早呢，你不让我去玩，高考我肯定考不好。让我玩了，高考肯定能考出好成绩的。"

"哟！还吓唬你妈呢？"

"妈，就让我去吧！再说有椭圆梭一起，我们会一边玩，一边学习的。我天天学习，再不出去看看，会学傻的。"

"椭圆梭妈妈同意他去吗？"

"同意了。"

"行，那你们要注意安全啊，我等会儿给你账户上转 2000 元，你看够不？"

"够了，谢谢妈！"

椭圆梭在旁边仔细地听着徐自动打电话，听到徐自动母亲同意之后，他们激动地对击了一掌。椭圆梭心里美着，这次不用一个人去了，有个伴儿好。

　　"用你的手机，咱们先在网上订票。"椭圆梭说。

　　徐自动把手机递给椭圆梭。

　　椭圆梭又说："把你的身份证号码告诉我一下。"

　　徐自动一口气说出了自己的身份证号码。

　　几分钟的时间，他们就把来回的火车票预订好了。

　　椭圆梭说："到时，咱俩去车站自助取票机上取票就成了。"

　　"听你的。"

第十五章　从你的全世界路过

12 月 31 日下午，徐自动和椭圆梭放学以后，从学校出来，直接拦了一辆出租车，上车后，椭圆梭说："师傅，到北京南站。"

两人在路上一直聊着，他们都非常激动。徐自动激动在于自己和哥儿们第一次去了外地，而以前都是和父母一同外出。椭圆梭则激动在这次去看望徐可莹不是一个人，好歹有个照应的伴儿。

"你看，咱们去济南可以待上两天，今天去，明天待一天，后天待一天，大后天回北京。元旦三天假！天哪！发明元旦的人，我太爱你了！"椭圆梭对徐自动说。

"我其实也特别激动，嘿嘿。"徐自动说。

"我觉着这回应该把王真兮叫上，你跟她咋样了？"

"我们都分了……"

"为啥啊？"

"感情不和。我感觉我对她特别好。上次上课，我不是去星巴克买了个马卡龙吗？因为她说她饿了。还有一次，我跟她上补习班，我坐她旁边，她问我有没有吃的，我就知道她饿了。下课后我跑了两站地，去最近的肯德基给她买了一个全家桶……但是，我觉得她对我特别不好……你看，刘壮实给她讲题的时候，她多开心啊，一边讲一边聊，但我给她讲题的时候，她就好像心不在焉。所以，我觉得她可能不是特别喜欢我。"

"那你后悔吗?"

"不后悔,我就觉着遗憾,我是真心喜欢她的。她说一句来大姨妈了,我第二天就去超市买回姨妈巾放她桌上。她说天气冷,第二天我就给她一个暖宝宝。她只要说想要的,我能做到的都尽量满足她。一开始,她很开心,但到后来就慢慢习惯了,好像我为她做些什么都是应该的。但别人给她做同样的事,她就很开心。她现在应该喜欢上了你们班的刘壮实,我也无能为力。其实我觉得,她喜欢谁就去选择谁,反正恋爱自由。"

"咳,其实你做得已经够好了,你不必自责。这种事啊,光一方情愿不顶事,得两厢情愿才成。"

说话间,出租车已经到了北京南站。此刻是下午4点半,距离火车的发车时间还有两小时左右。椭圆梭付了车费,带着徐自动朝北京南站的候车大厅走去。

对于乘坐火车的流程,椭圆梭早已轻车熟路了。因为从他上小学一年级开始,每年的暑假或者国庆节、寒假时,他母亲都会带着他去旅游,因此,他去过国内外不少地方。比如国外有英国、韩国、日本;国内有江苏、浙江、山西、河北、河南等地。

有一次,椭圆梭和父母去了江苏南京旅游,那时的椭圆梭还小,对历史不懂。在南京的几个地方游览下来,他去了最想去的南京大屠杀纪念馆,因为只有这个地方对他来说是熟悉的。人都有个毛病,对熟悉的就感到亲切,当然也是沉重的,一惯爱笑的椭圆梭到了那里,变得沉默了。在南京,还有一点小幽默,那是在中山陵孙中山的墓前留影,旁边有一碑亭,刻有"中国国民党葬总理孙先生于此"。椭圆梭的母亲只顾在那里取景拍照,当她拍完后,椭圆梭说:

"这里是'葬于此'。"

椭圆梭和徐自动来到二楼候车室，这期间的客流并不大，偌大的候车室略显空旷。椭圆梭十分激动，他有排队恐惧症，一旦队伍特别长的时候，他就担心自己上不了火车。

他们来到自助取票机前，将身份证轻轻地放在指定位置，然后静静地等待取票机扫描自己的身份信息。椭圆梭十分得意地望着屏幕，他预订票的信息就显示在屏幕上。椭圆梭轻轻地吹一吹手指，优雅地摁下"打印车票"四个字，一张光亮的车票便从取票机里"吐"了出来，接着又"吐"了一张。

椭圆梭将车票握在了手上，说："你的身份证呢？"却见徐自动在焦急地翻着书包。他一边找，一边说："完了，完了，我的身份证可能落宿舍的床上了。"

"再找找。"

徐自动干脆把书包里的物品全部倒在地上，一层层地找，但就是没有身份证。

"找不到就算了。"椭圆梭说。

"那我怎么跟你去呢？"

"咱们去窗口问问，办一张临时身份证。"

椭圆梭和徐自动来到了办理临时身份证的窗口。

办临时身份证需要一张证件照和身份证的号码。徐自动先去临时照相处照了本人的证件照，然后拿着证件照去办理临时身份证。

"师傅，我办一下临时身份证。"徐自动对着窗口里的工作人员说。

工作人员脸上露出疲惫的神色，但还是微笑着给了徐自动一张纸，纸的正面写着"临时身份证"五个大字，纸的背面被分为了两部分，第一部分是身份证号码、证件照、住址等个人信息的填写位置，第二部分是使用临时身份证的规章制度。

徐自动拿出笔，填写好自己的身份证号码和地址，正要把临时身份证和证件照一起递给窗口里的工作人员时，突然冲过来一个女的把徐自动撞了个趔趄。

那女的染了一头红发，不甚好看，却将脸上的妆化得出奇的浓，厚厚的嘴唇涂抹着鲜艳的口红，一看就是没有什么素质的人。她撞了徐自动后也没有说一声"对不起"，徐自动也没有和她一般计较。她冲着工作人员大声嚷道："我办临时身份证可以用来买票吗？"工作人员点头默许，她拿出证件照就想要办，工作人员让她到后面排队，她不得不退到后面。

徐自动把填写好的临时身份证和证件照一起递给了工作人员，对方盖了个"北京铁路"字样的章，然后将证件照粘在临时身份证上，这样就大功告成了。徐自动开心地拿着自己的临时身份证走向椭圆梭。

"行了，咱们赶紧取票、检票进站。"徐自动说。

徐自动和椭圆梭分别拿着自己的票和身份证朝检票窗口走去。这时，广播里传来"乘坐 G201 次列车从北京南站开往济南方向去的旅客，现在开始检票……"

经过近两小时的车程，火车抵达了济南，此刻已是晚上 8 点了。徐自动和椭圆梭背着书包随着客流走出车站，映入他们眼帘的是一个广场，广场附近有宾馆、茶楼、商店等等。夜晚的霓虹灯在不停地闪烁，给这座城市的冬天增添了一抹暖色。

广场正对着一条大街，大街很长，放眼望去几乎看不到尽头，远处的街景模糊不清。

椭圆梭和徐自动站在广场上，望着这个不熟悉的城市，徐自动说："咱们现在是去吃饭，还是去找酒店住？"

"先找酒店，再吃饭。"

"去哪里住呢？"

"我妈每个星期给我 500 元钱，我节省下来的饭费，现在只有 1500 多元。"

"我也从饭费中省下了不少钱，加上我妈又给的 2000 元，现在有 4000 多元。"

"咱们要住三个晚上，你想住豪华一点的，还是 low 一点的。"

"当然是豪华一点的了！"

"咱俩就住香格里拉咋样？"

"好吧。"

香格里拉酒店的环境和服务椭圆梭比较了解，因为外出旅游时，他曾跟着父母住过。那里有免费的自助早餐、晚餐，同时还有免费的下午茶，备有水果、糕点、饮品、牛排、披萨之类的，客房内也会有免费的饮品，比如可乐、雪碧、橙汁、苹果汁……供您随意享用。总之，那里有一种宾至如归的感觉，只是价格比起其他经济型酒店要贵不少，还要加收服务费。

椭圆梭和徐自动搭乘了一辆出租车去了香格里拉酒店，当车到达目的地后，徐自动付了车费，先下了车。接着，椭圆梭也从车上走了下来。当他下车后，出租车即刻开走了。

椭圆梭和徐自动看着香格里拉酒店，有点失望，因为与他们所了解的情况相差甚远。然而，让他们更失望的还在后面，这里规定，不满 18 岁的未成年人，不得单独入住。

被前台服务员拒绝入住的两个人，无奈地走了出来。椭圆梭说："徐自动，你在网上搜搜，看看这附近有没有连锁快捷酒店？"

徐自动打开网页，在网上寻找酒店，通过定位的模式，在两公里内，找到了一家经济型酒店。他征询椭圆梭的意见后，两人决定去那里看看，毕竟，此时已经是晚上9点了。

他们按照定位的路线，朝那里走去。中途，买了两个山东煎饼和两瓶矿泉水。15分钟后，他们到达了经济型酒店。

这个经济型酒店的招牌比较小。他们走进去后，徐自动就在大厅的沙发上坐了下来，椭圆梭则去问前台的一位女服务员："姐姐，现在还有房间吗？"

"你们几个人住？"

椭圆梭指了指徐自动，说："就我们俩。"

"现在没有标准间了，只有家庭套房了，你们住吗？"

"住。"

"把你们的身份证拿出来。"

徐自动把临时身份证递给了椭圆梭，椭圆梭办理了住宿登记。登记完后，椭圆梭拿着标有302的房卡与徐自动去了房间。

房间装修简单，陈设也简单。所谓的家庭套房就是一个大房间套着一个小房间，小房间里是一张单人床、一个书桌。大房间里是一张大的双人床，电视柜上摆放着一台彩色电视机。

徐自动和椭圆梭躺在大床上，看着白色的天花板，徐自动说："这房间真够便宜的。"

"我也觉得便宜，咱们是住得便宜，吃得也便宜。"

徐自动立即起身，拿起山东煎饼嚼着。椭圆梭看着他一口一口地嚼，也拿起另一份来嚼着。

徐自动嚼着煎饼问："梭哥，你对徐可莹这段感情有信心吗？"

"不知道，现在还只是交往。"

"不知道还来？"

"说点正事，你是先睡觉，还是学习一会儿，再睡觉？"

"你呢？"

"我做套试卷。"椭圆梭一边说，一边从书包里拿出一套北京卷。

徐自动看着椭圆梭在认真做题，从心底佩服着他。这家伙，真是学习、恋爱两不误，看来，他并没有一心只是恋爱……

大清早，椭圆梭和徐自动就来到了徐可莹家的小区门口。此时，小区的大门是关着的。

他们站在门口，相互你看着我，我看着你。椭圆梭说："我打算给她一个惊喜，还没有跟她说咱俩要来看她这事，所以她完全不知道。"

"要是她的父母发现了，怎么办？"

"放心吧，咱们又不是拐卖少女。"

此时天空还是由月亮统帅，给人以阴寒的感觉。偏偏这时，又刮起了风。冬日的风和夏日的风是不一样的，夏日的风凉爽，让人感觉舒适。冬日的风给人以刺骨之感，尽管他们穿着羽绒服，还是感觉有些冷。

"你冷吗？"椭圆梭上牙打着下牙问徐自动。

徐自动说："又冷又困。昨晚跟着你一起学习到了凌晨两点，结果今早 5 点就被你喊起来，现在困得要死，冷得难受。"

椭圆梭四处看了看，发现不远处有一家银行的自动取款屋。他说："咱们干脆去那里待一会儿，那里暖和点。"

徐自动听从椭圆梭的建议，跟着他走去。他俩其实已经接近了挺尸的状态。他们的躯体早已经麻木，寒冷、困倦这两样要命的生理现象一起缠绕着他们，他们用来提高神经系统兴奋性和促进细胞新陈代谢产热的甲状腺激素，仿佛也已经消耗殆尽了。

推开银行自动取款屋的玻璃门，一股暖流传递过来。徐自动说："咱们先睡一觉吧，我现在特困。"徐自动看来是实在撑不住了，在一个角落把书包放下，然后头枕着书包，睡了。

椭圆梭看着倒地而睡的徐自动，选择了正对着玻璃门的位置睡，这样比较安全，即便有人进来，必然会惊醒他。如果他不守在门口，要是有人进来，趁他们熟睡了，将他们的书包拿走，那后果是不堪设想的。在这点上，椭圆梭比较谨慎。

不一会儿，两个人就进入了梦乡。徐自动的脑袋脱离了书包，躺到了一边。椭圆梭的书包慢慢地从手里落到了一边。

直到 8 点钟后，有人要进来取钱，推了推玻璃门，椭圆梭才被惊醒。他看了看推门的人，是一个男的，戴着一副窄边眼镜，眼睛非常小，留着平头，佝偻着腰，鼻梁不高，鼻孔却特别大。看面相，不大友善。

他嚷着："这是干吗啊，把门堵着干啥？"

椭圆梭赶紧起来，让开门，然后捡起徐自动的书包，喊着他："醒醒。"

那个取钱的男子嘴里叽叽咕咕地说着，他们听不懂，但从面部表情看出，肯定不是好听的话。

徐自动用英语轻声地骂着他：Silly force！

椭圆梭和徐自动走出自动取款屋，在卖早餐的地方简单地吃过早餐后，又来到了徐可莹家的大门口。这时，椭圆梭给徐可莹发了一条短信，内容是："丫头，我到你家大门口了。"

很快对方回复过来："别逗我了。"

"丫头，我真的在。"

"真的?"

"骗你，我是狗。"

"抱歉，我和我爸妈昨天下午去了威海。"

椭圆梭原本想给徐可莹一个惊喜，这下，倒给了他们自己一个意外。

徐自动对椭圆梭说："没见着就算了，咱也不能马上回去。再说，房费都交了。这样吧，咱们干脆在这里玩两天，看看济南市区有什么景点，也算没白来。"

"嘻嘻！这主意不错，坏事变好事！"椭圆梭说。

于是，在接下来的两天里，椭圆梭和徐自动白天去了大明湖、环城公园以及新华书店，晚上还去一个补习机构蹭课。在大明湖，有一句诗让他俩记忆深刻："四面荷花三面柳，一城山色半城湖。"

第十六章　义缺伤肺倒恼差

　　元旦过后就是期末考试，考完之后，便是寒假。寒假期间，椭圆梭和徐自动还有安苯酚和剪刀禹都各有各的事情。其中有一项，他们都必须完成，那就是社会实践。

　　社会实践是北京市高中生的必修课，包括做志愿者、做小区的巡逻员之类的工作，整个假期，不得低于 40 小时的服务。有人说，这有什么，我不做学校又不知道。其实，这个社会实践是要实践单位出证明的，出了这个证明，学校看到了才能给你学分，没有学分，你高中就没法毕业。有人说，反正我还要上大学，高中毕业证要不要都无所谓。但是，如果想本科出国深造，必须有高中毕业证才行。

　　剪刀禹选择到医院去做了一名志愿者，主要工作就是帮助病人解决一点小麻烦，为他们指引方向、打印化验单、接受一些粗浅的咨询。早晨不到 7 点半，候诊大厅已经有很多人了。很多人由于着急，难以静下心来仔细观看科室分布平面图，这时候就需要志愿者细心指引、耐心解说。志愿办的老师说了，当病人问了你不知道的地方，千万不能乱说，你的手一指，那就是责任，病人为了你一个动作、一句话，就会跑很多冤枉路，耽误了宝贵的就诊时间。

　　工作一开始，很多病人问他心电图在哪里做？核磁共振在哪里预约？看着病人又着急又期待的眼神，他只能非常愧疚地说："不好意思，这个我不太清楚，您可以到前面的导医台问问。"

安苯酚的社会实践选择了他父亲的单位，与他父亲一起穿起白大褂在化学实验室里做着实验，而且他还写了篇论文投稿到《化学研究与应用》杂志社。如果发表了，安苯酚将来高考时，参加自主招生也就有了资格。

椭圆棱选择去社区当了一名交通协管员。椭圆棱的计划是社会实践活动结束后，去英国游学，因为他母亲给他报了一个出境游学团。

徐自动不仅参加了一个机器人设计的小团队，同时也去社区当了一名志愿者。在机器人设计的小团队，他负责全面统筹程序设计和外形设计，他的职责也就像乔布斯一样，负责整体把关、提出意见，然后由别人来实施。他们在这个寒假设计的机器人，准备用来参加来年的全国机器人设计大赛。

徐自动找到他居住的社区居委会主任刘军，说明了来意，刘军把他带到居委会办事大厅，委托给了一位中年女士，说："张玲，徐自动是咱们这个社区的，他来当志愿者，你给他拿个袖套，然后把注意事项给他说说。"

徐自动礼貌地喊了声"张阿姨"。

接着，刘军又对徐自动说："我还有事，具体事情，张阿姨会和你交代的。"

徐自动向刘军道了谢。

张玲递给徐自动一个红色的袖套，袖套上写着"首都志愿者"。徐自动接过袖套，戴在了左胳膊上。

张玲说："你现在可以去楼道打扫卫生，或者在咱们这个社区周围巡逻，也可以在附近的公交站当协管员。"

"我去公交站当协管员吧。"徐自动说。

"好。明天上午 9 点先到社区来，然后从社区出发，工作到 11 点半下班。下午 2 点先到社区来，然后 4 点半下班。"

"谢谢张阿姨，接下来的这一个星期就要麻烦您了。"

"不用客气，等社会实践活动结束，你再拿那个表交给刘军主任，他给你签字、盖章。"

徐自动再次对张玲说了"谢谢"，然后走出了居委会。居委会就在徐自动家所在的大院，他从大院出来后，直接去了附近的公交站。

徐自动站在公交站那里，看到有盲人拄着拐杖朝公交站走过来，就赶紧跑上前去，扶着他，把他送到车上。遇到问路的，他就会详细地告诉对方乘车路线。要是他也不知道了，就用手机百度一下。

这时，车上下来一个女生，个子中等，身材匀称，梳了一根马尾辫，戴了一副红色镜框的眼镜，高鼻梁，徐自动仔细一看，这不是 8 班的周向怡吗？

"周向怡！"徐自动激动地向她打招呼。毕竟，在公交车站遇到同学，还是少有的事。

"你来这儿干吗？"

"我去我姥姥家，我姥姥家就在这附近。"

周向怡站到徐自动身旁。徐自动已经和王真兮分手有些时间了。周向怡和王真兮比，那真是一个天上一个地下。周向怡给人的感觉是落落大方，看你不爽，直接说出来。而王真兮则不太爱说话，给人的感觉有些冷漠。周向怡还会乐器，说学逗唱，不对，吹拉弹唱样样都会！

周向怡弹得了钢琴，玩得了吉他，打得了架子鼓，唱得了小情歌，关键是学习还不错，是学校文科实验班的。文科实验班与前班一样，并不是谁都能进的，只有成绩好才是硬道理。

俗话说，"腹有诗书气自华"，周向怡就属于这类人。会那么多乐器，学习又好，唐诗宋词元曲、小说散文现代诗都没少读。长得漂亮这是老天爷给的，但气质要后天修炼。长得漂亮还有气质，真是绝世珍宝了！

周向怡看着徐自动左臂上的袖套，说："你在做社会实践？"

"是啊，你的社会实践做了吗？"

"没有呢，你怎么当上这里的志愿者的，告诉我一下。"

徐自动将自己如何参加这次社会实践的前前后后原原本本地告诉了周向怡，周向怡听后说："这个不错，我去找我姥姥，让她跟他们社区的居委会主任说说，让我也在这里当协管员，咱们还可以一起聊天呢。"

"我看行！"

徐自动在与周向怡的交流中得知，周向怡的姥姥就居住在他们隔壁的一个社区，步行也就 10 分钟左右。

"你在这里等我，我马上去找我姥姥，咱们一会儿见。"周向怡说完，转身离开了。看着她的背影，徐自动的心里陡生出了一种小小的幸福。他突然意识到，可能周向怡对他有些好感。

一个小时后，周向怡真的来了。她来时，还带来个马扎。周向怡将马扎递给徐自动说："我姥姥说，站着太累，让我带一马扎。"

"我站着就成了，你坐。"徐自动说。

"我想先站会儿，你先坐吧。"

马扎放在地上，他们都没有坐。他们一边看着大街上来往的车辆，遇到有需要帮助的，立马上前给予帮助，一边聊着天。

眼看中午快到了，徐自动打算约周向怡一起吃个午饭。

"今天中午我爸妈都不在家，一会儿我在外面吃饭，要不咱一块儿吃吧。"徐自动说。

"哈哈哈哈，好啊。"周向怡说。

徐自动的手机铃声突然响起来。他从裤袋里掏出手机看了看，是徐可莹的电话。

"喂，可莹，你怎么了?"

"狗蛋哥，我爸爸……刚才我给他打电话，他说了一句他在北大人民医院，就把电话挂了，你能帮我去看一看吗?"徐可莹在电话那头焦急地说。

"椭圆梭，你没跟他说吗?"

"他这几天去英国了，不在北京。"

"那你把你爸爸手机号码发给我，我跟他联系。"

"嗯嗯。"

"怎么了?"周向怡问。

"噢，我有一个同学爸爸生病了，她现在在外地，没法看他，让我帮忙去看看。"

"那你先去吧。"

"明天中午咱们一起吃饭。"

"好。"

徐自动转身拦了一辆出租车，便立刻前往医院。此刻，徐可莹将她爸爸的电话号码也发了过来。

徐自动拨通了电话："喂，徐叔叔，我是徐自动，是徐可莹的同学，徐可莹说您病了，我来看一看您。"

"我没病，我在医院里看望同事呢。"徐国栋接到电话后，从病房里走了出来。

"没病就好，没病就好，徐叔叔，那咱们一会儿见。"

"好的。"徐国栋挂断电话。

徐自动听对方的说话声，的确不像生病的人，通常病人说话是有气无力的，但徐可莹告诉他，说她爸爸生病了，是不是他爸爸怕给他添麻烦，故意装出来的呢？为了探个究竟，徐自动还是决定要见上徐可莹父亲一面。

徐国栋又折回了病房。病房里有三张床，左中右各一张。与病房门正对的是一扇大玻璃窗户，从玻璃窗户往外看，医院外的街景尽收眼底。

24号病床上躺着的正是徐国栋以前在理论部的上司中山狼。中山狼是今天上午刚住进医院的。据说昨天某市一个与他有着业务关系的作者到北京了，晚上请他到一家高档酒楼吃饭。因为那位作者单位有发稿考核，因此，常常找中山狼发稿，当然，也免不了要给他上贡，不然，稿子就会被中山狼毙掉。

酒桌上，山珍海味样样都有，奉承的话也车载斗量。在推杯换盏中，中山狼是吃得少、喝得多，因为本身患有心脑血管病，加上一杯杯酒往肚子里灌，就埋下了祸根，今天早上刚到单位门口，就倒下了，不省人事。这一幕刚好被来上班的徐国栋看到了，徐国栋犹豫了片刻，想，这整人害人的家伙，死了好，免得祸害别人。徐国栋本想当作没看见，但走了几步后，又退回来了。他看着瘫倒在地上的中山狼，还是从口袋里掏出手机，打了120电话。然后，又通知了单位的领导。因此，当中山狼醒来时，人已经在医院了。医生给出的结论是中风了，估计康复要些时日。

徐国栋见着醒来的中山狼，已经嘴歪、眼斜，说话不清楚了。

徐国栋喊着："主任，你终于醒来了，还以为再也见不到你了。"

中山狼的夫人看着丈夫的样子，心里十分难过，好端端的一个人，就变成这样了，但她还是佯装坚强，说："这次多亏徐国栋打120，不然，你就见阎王了。"说到这里，她对徐国栋说了"谢谢"。

中山狼看了看他的老婆，又看了看徐国栋，有些不好意思，把目光转到了一边。

徐国栋说："主任，前几天我看了一首诗，写得挺好，和你分享一下，说'仁能养肝戒怒杀，义缺伤肺倒恼差。礼明心正淫恨少，智除烦水肾生花。信土不忘无忧虑，五气朝元道德佳'。就是说，礼不明，整人害人，做事儿不讲理，身体就会出毛病。天布五行，以运万类。人禀五常，以有五脏。仁义礼智信都做好了，身体就不会有大的问题。"

中山狼知道徐国栋的意思，名义上是给他分享，暗地里是挖苦他，是说他现在躺在医院，是报应。明知被挖苦了，他也只能哑巴吃黄连。

徐国栋看着中山狼的囧样，心底暗笑着，去你妈的主任，整人如整己，就在这里好好待着吧，反正你当官，医保也给你买了，医疗费不用自己花，好好享受这个待遇吧。

"单位还有事，我先走了，你要好好保重。"徐国栋向中山狼说，然后，走出了病房。

徐国栋的电话再次响起了，他看了看，是刚才给自己打电话的徐自动，对方问："徐叔叔，您在哪儿？我到医院了。"

"我马上到医院门口，你在那里等我吧。"

徐自动的眼睛一直向医院里面盯着，他在找寻徐国栋的身影。徐可莹担心徐自动不好找，甚至把她爸爸的照片发了一张过来。

徐自动在见到徐国栋的那一刻，说："徐叔叔，你真没事？"

徐国栋笑着说："我好好的，能有啥事啊？"

这时，徐国栋终于知道啥原因了，原来是自己给女儿通电话时，说在医院，没说清楚，引起了误会。他赶紧又给徐可莹去了一个电话，把事情的原委说了一遍。

"还没吃饭吧，走，叔叔带你去吃饭。"徐国栋说。

"不用了，谢谢叔叔，那我先走了。"徐自动没等徐国栋回答，就转身走了。

第十七章　谁的青春不狂野

高二下学期开学，学校又分了一次班。这次分班，各班的变化不大，最大的变化主要在 1 班、2 班和 8 班、9 班，多多少少会有几个人因成绩太差出班，同时，普通班成绩优异的同学会补充进来。

椭圆梭一直稳定在 1 班。安苯酚、徐自动、剪刀禹一直保持在 2 班。

按照学校的规定，高二下学期所有课程都将结束，高三是复习阶段。因此，高二下学期的课程是紧张的，难度也不小。高二下学期的数学和英语是最难的一部分，有诗为证：圆锥曲线离心率，函数求导难死你。定语从句不用 which，两代限形特疑序，还有这那和表语。

椭圆梭、安苯酚、徐自动、剪刀禹四个人在学习上其实也是相互较劲，只是感情上各有宿命。

安苯酚对李薇的感情忽上忽下，时而喜欢，时而厌烦。徐自动现在喜欢上了周向怡。

椭圆梭与徐可莹的感情，随着距离和时间已经变淡。椭圆梭发现，谈情说爱会花费不少时间，而人的精力有限，学习和爱情两相权衡，他理智地选择了学习。特别是他看过一篇文章，受启发很大，就是《别在奋斗的年龄选择潇洒》。那里面有几句话他记忆深刻：要知道，每个年龄都应该干每个年龄该干的事情。读书时期，就应该以读书为主；毕业了，应该以工作为主。不要在学习的时候谈恋爱，在该吃苦、奋斗的年龄去选择潇洒的生活。这样的潇洒不是自己挣来的，更多是父母给予的。人生苦短，芳华易失。错过了人生最应吃苦的时机，一个人对生活的理解和感悟就会肤浅。

剪刀禹为了能考上理想的大学，再次发誓不谈恋爱。每晚晚自习回到宿舍后，他都坚持做 20 个俯卧撑，之后拿着手纸前往厕所。剪刀禹上厕所有个习惯，就是带着手机进去，一边背单词一边上厕所，因此，他上厕所得要半小时左右。

剪刀禹又去厕所了，他刚出门，椭圆梭和徐自动会心一笑，便知道接下来该如何行动了。剪刀禹在厕所蹲下有 5 分钟以后，徐自动和椭圆梭跟着进去了。他们迈着轻轻的脚步，没发出一丝声响。剪刀禹是在厕所最靠里的那个坑位，坑位外就是暖气片，椭圆梭和徐自动相互望着对方，然后徐自动掏出了手机。椭圆梭灵巧地跳上了暖气，站在暖气片上，徐自动站在下面，将手机递给椭圆梭后，捂着嘴偷笑，然后用手比"三、二、一"，椭圆梭将手机的视频打开，对着剪刀禹偷拍着。

"靠！你们干吗呢？"剪刀禹问。

"禹哥哥，我俩睡不着觉，想你了。"徐自动说。

"滚蛋，找女朋友去！"

"我没女朋友啊！"

"扯，狗蛋，你不是又喜欢上那个周向怡了吗？"

"是啊，我不光是喜欢人家啊，还爱上了。"

"你们等等我啊，我拉完了咱一块儿聊会儿天。"

椭圆梭和徐自动还是心领神会，两人相视一笑便明白了对方在想什么。椭圆梭站在门的左边，徐自动站在门的右边，当剪刀禹拿着手机，提起裤子走出来时，两人向前一跳，那可真是把他吓得够呛！

"给你俩脸了!"剪刀禹用没拿手机的左手分别拍了两人的屁股。

"你手没洗啊!"椭圆梭嚷着。

"我拿右手擦的屁股,我拿左手拍的你!"

"可你拿右手拍的我啊!"徐自动说。

"你再说话,我下回等你睡着了,冲你脸上放屁,信吗?还有你。"剪刀禹放下狠话,椭圆梭和徐自动赶紧乖乖的,不说话了。

剪刀禹径直走到了洗手池,优雅地冲了冲手,自恋地说道:"一看就是会开刀的手,一看就是不拿病人红包的手。"洗完手后,剪刀禹得意地走出了厕所。离厕所不远处就是饮水机,剪刀禹每次上完厕所的习惯就是喝水,然后将腰弯下来,将头伸向饮水机出水的地方,把嘴对准饮水机的"嘴儿",但是两张嘴皮并没有直接接触到饮水机嘴,他还是很守公德的。

等剪刀禹准备就绪打算摁下把手喝水时,徐自动走上前去,说:"禹儿,你刚才是说朝我们脸上放屁吧?"

"是啊,怎么了?"剪刀禹脸上一脸的坏笑。

"你要敢放屁,我就等你喝水的时候把热水打开。哈哈哈!"

"滚!"剪刀禹自信地喝上了水。

徐自动和椭圆梭站在旁边等待他喝水,顺便聊起了天,却只听见剪刀禹的一声惨叫!原来,安苯酚经过剪刀禹身边时,顺手将他裤子扒了下来,瞬间,他裸露着下半身,坦诚地面对着这个忽明忽暗的世界……

"梭哥,你帮我想个办法,我一会儿得出一下校门,还可能上不了今晚的第一堂晚自习,这怎么办?"放学后,椭圆梭刚出教室,就被徐自动叫住了。

"那就是说你要骗过宿管，说你不上晚自习，晚点儿回学校呗。"

"对。"

"简单，你找一个走读生的手机，给宿管发一个请假短信就行，以你家长的口吻发。一定要在短信中以家长的口吻注明自己换手机号了！万一宿管有你家长电话，你不注明不就穿帮了吗？"

"行，那你要不也跟我一起出去？"

"出去干吗？我还得学习呢！我陷入数学的泥沼无法自拔了，你看这个'扩充未来光管猜想'，就是中科院数学研究所原来的所长周向宇解决的那个问题……"

"停！打住！我就是一个设计挖掘机的，你跟我说这些我听不懂！"

"你学自动化就去设计挖掘机，那我学数学我就是数数的呗。"

"哈哈哈，你真是太睿智了！你这么聪明，将来成不了数学家，也能成为一名数数家！"

"行了行了，咱别飞远了，你去外边干吗啊？"

"你跟我去了就知道。"

"成吧，那我找走读生借个手机假装发一个短信给宿管，我陪你出去，那你得请我吃晚饭。"

"一顿晚饭就把你收买了啊？行行行，咱俩这关系，别说一顿晚饭了，我要看见你被一群人打了，我肯定帮你买药去。"

这时，椭圆梭看到李少安背着书包从教室里走了出来，便叫住他，说："少安，手机借一下，我给宿管老师发条短信，出去一下。"

李少安没有拒绝，直接从书包里掏出手机递给了椭圆梭。椭圆梭两个手在发着短信，很快就发完了。待收到宿管老师的回复后，他把手机还给李少安时说："谢谢安哥。"

"我先走了，拜拜。"

李少安前脚一走，椭圆梭和徐自动就大摇大摆地走出了校门。椭圆梭还不知道徐自动究竟请假是干啥，便问："现在可以说是为啥请假了吧。"

"我跟你讲，是这么回事。今天是周向怡过生日，我想给她买一个蛋糕，给她一个惊喜！"

椭圆梭和徐自动朝离学校最近的一家"面包坊"走去。到了那里，徐自动花了 299 元订做了一个超级无敌美味蛋糕。由于是现做蛋糕，需要等上一个小时。

椭圆梭觉得傻傻等着无聊，就对徐自动说："蛋糕还得有些时间才做好，这儿离天安门不远，咱骑车去一趟长安街瞎遛吧。"

"行！"

他俩打开"面包坊"门口停着的共享单车，徐自动开的一辆"Mobike"，椭圆梭开的一辆"ofo"。这两辆自行车都是用的徐自动的手机。此刻其他同学都已经在教室里上晚自习了，他俩却悠悠然然地骑着单车，在外面浪！浪！浪！

两个人一路前行，一路聊着。此刻是 6 月刚开始，京城的天气并不十分燥热。骑着小车，微风拂过脸颊，真是惬意至极。徐自动想着，要是车后再坐着周向怡，那感觉更是无敌了。

剪刀禹的梦想就是这样，他曾说，他在前面骑着小车，戴着耳机，听着小曲儿，后面坐着一位妹子，搂着他肥硕而壮实的腰杆，将小脑袋靠在他的肩头，哎哟哟，那感觉真是爽极了！当然，这纯粹是剪刀禹作为一个单身狗的空想罢了。

椭圆梭和徐自动一路向天安门方向骑去。一路上，椭圆梭说得少，徐自动说得多。徐自动主要话题是围绕着对周向怡的感情。徐自动是一个"性格多变"的人，说得不好一点儿就是"人格分裂"，静若处子，动如疯狗。他跟生人就不爱说话，跟熟人在一起有时候也不爱说，但是一旦他想说了，那就是滔滔不绝，挡都挡不住。

徐自动今天非常开心，他一面想着能给周向怡带来多大的惊喜，一面想着自己今天完美无缺的计划。

大概20来分钟后，他俩骑到了天安门。停好自行车后，他俩向天安门城楼庄重地敬了个礼。来往的行人看着他俩怪异的行为，并没有说什么。而他俩也不会在意别人的评价，说他们是疯子也好，癫子也罢，他们就是单独的个体。

他们都爱自己的祖国，深深地爱着。在课本上，他们学过《我爱我的祖国》。有多少精彩的故事发生在伟大的祖国啊！文景之治，开元盛世，到现在的中国梦，再到"一带一路"的建设！国家富强、人民富裕了。站在天安门前，这个最能代表中国的地方，向他庄重地敬个礼、鞠个躬，是有感而发的。

长安街上，2009年国庆大阅兵的时候，那恢宏的场面他俩还记忆犹新。当时，就是自己站的这个地方，停放了那么多的装甲车、坦克，还有参与检阅的50多个方队。

徐自动和椭圆梭此刻内心十分激动，他们感觉像是正在接受检阅的中国新一代少年一样，对祖国充满了热爱！对人生充满了激情！对梦想充满了执着！美哉，我少年中国，齐天不老！壮哉，我中国少年，天下无敌！

第一节晚自习下课时，椭圆梭和徐自动回到了学校。徐自动提着蛋糕走在前面，椭圆梭走在他后面。

他们走过前往教学楼的小路，小路旁有稀稀疏疏的白色、黄色灯光，两面的墙上有许多名人名言，其中就有爱迪生的"成功是

99%的汗水+1%的灵感"。椭圆梭看着爱迪生三个字，就说其实爱迪生这个人也比较扯，非常自私。相传爱迪生一天就休息4个小时，这根本就是以讹传讹。按照《黄帝内经》的说法，一天就睡4个小时的人早就完蛋了。同时，爱迪生和尼古拉·特斯拉的故事也存在争议。有人提出，是尼古拉·特斯拉发现的交流电，爱迪生一直打压特斯拉，爱迪生这个人的人品值得考量……

除了爱迪生之外，当然也有爱因斯坦的"X+Y+Z=艰苦的劳动+正确的方法+不说废话"的成功小方法。

小路尽头与校门正对的是一尊钱学森先生的雕像，雕像是往大了做的，凸显着钱学森先生在这所学校、在中国高大的地位。当时，美国人将钱学森先生放回国时，一位美国将军曾说："钱学森在哪里，都抵得过一个师的力量。"钱学森先生毅然回国，使中国的航天事业至少向前推进了N多年。

他回到国内时，中国一穷二白，没有美国那么好的科研条件，没有美国那么好的生活条件，拼尽全力造导弹凭的就是一颗坚强跳动的赤子心啊！

他离开北京，前往大漠，没有办法与自己的夫人一起买菜做饭、没有办法言传身教自己的孩子物理、数学、为人……钱先生，海淀中学所有的学子，向您道一声："谢谢！"

这条小路，他俩走过了近两年，此刻走起来却让人十分激动。徐自动想着，自己拿着蛋糕，怎么面对周向怡。是应该冷静地给她，还是欢快地给她；是应该说："周向怡，祝你生日快乐！"还是应该说："周周，祝你生日快乐！"徐自动的脑海里闪过周向怡开心的笑脸，他感到自己的人生又充满了动力。

徐自动走着走着，就小跑起来。他扭着屁股，想要快点儿跑到教学楼，见到周向怡。椭圆梭则悄悄地关注着他的反常行为，这是一个男生为了女生做出惊天动地的事情时，才会有的表现。

再看看眼前的徐自动，椭圆梭不免感慨：唉，徐自动啊徐自动，你小子虽然看似有些疯狂，然而，谁的青春不狂野？

这时，椭圆梭想起他和徐可莹交往的一些事情，忍不住自己在心底偷笑起来，只是现在，彼此都成了温水煮青蛙，不来气了。

此刻，教学楼里灯火辉煌。正在上晚自习的高一、高二、高三学生安静地坐在座位上，或在埋头看书，或在算题。徐自动看了看时间，还有 5 分钟就下晚自习了，他对椭圆梭说："等下课铃响了，咱们再进去。"

椭圆梭点了点头。他俩站在教室拐角处，等待着铃响。下课铃响后，还不能立刻冲进去，因为还有晚自习的值班老师。基于他俩对值班老师的了解，她是铃声一响，就会第一个离开教室的。

椭圆梭和徐自动像谍战片里搞地下工作的情报员似的，注意地观察着教室里的一举一动。终于看到值班老师离开后，徐自动第一个冲进教室，接着，椭圆梭走了进去。

徐自动不知道从哪儿找来一个话筒，站在讲台上说："告诉大家一个令人激动的消息，今天是周向怡同学的生日，让我们祝她生日快乐！"

台下立刻响起一片欢呼声。有人叫着："亲一个！"有人叫着："抱一个！"

徐自动朝周向怡看着，傻乐着。周向怡捂着嘴。这突然的惊喜，使她不知道该说些什么。这对她来讲，简直就是一个意外。

周向怡呆呆地站在原地，从她喜悦的眼神里可以看出一种幸福。

椭圆梭看了看她，又看了看徐自动，然后从徐自动的手里拿过话筒对着大家说："大家先冷静一下，今天是 6 月 1 号，虽然咱们不是儿童了，但可以追忆儿童节，这也是徐自动为大家庆祝节日。让我们在这里等待他俩去切蛋糕，今晚，嗨起来！北京，今夜请将我们遗忘！"

教室里的气氛突然热烈了起来。二班的刘三土拿出自己的低音炮，放起了 BIGBANG 的《SOBER》，一首节奏感非常强的歌曲！不知是谁，当即关掉了教室的灯，顷刻间教室里陷入一片黑暗。有的同学拿出手机，打开手电筒，一边疯狂地甩头，一边跟着歌曲的节奏扭动着腰身。

教室转瞬成了夜总会。刘三土特别喜欢追求时尚，对鞋子情有独钟。他最喜欢的一个牌子的鞋，只要有新款出来，就立马会买。他个子不高，也就 1 米 7 出头，出头的意思就是 170.4cm，没有到 170.5cm，如果到了 170.5cm，四舍五入就可以说是 171cm 了。

刘三土对外公布的身高是 1 米 73。他长得胖胖的，肚子向外凸出，就跟怀了一个五六个月的小宝宝一样。凡是胖子都有一个通病，若说红绿色盲是伴 X 隐性遗传，那么玩肚子上的肉也可以称作是"伴胖遗传"了。这个胖子吧，爱玩自己肚子上的肉！

刘三土坐在座位上，左右拍打自己肚子上的肉，把肉拍到左边后又拍到右边，有时候把肉抬到上面然后又放下来，让它做一个自由落体。玩着玩着，就突然笑起来。有一次，因为这样的自娱自乐，他让椭圆梭给他录了个小视频发在朋友圈里。

这时，徐自动和周向怡已经把蛋糕放到了讲桌上，并打开了。徐自动把蜡烛一一插上，别有用心地摆了一个"17"的阿拉伯数字的字样。摆好后，徐自动拿起话筒，让大家先暂时保持安静。

接着，徐自动将蜡烛一一点燃，同学们也配合着将手电筒关掉。

此刻，教室全然被蜡烛照亮。《生日快乐歌》随即响了起来"祝你生日快乐，祝你生日快乐……"

周向怡把眼睛闭上，双手合十，在心中默默地许愿，而此刻徐自动也再一次"破天荒"地将"寿星帽"戴在了周向怡的头上。许过愿后，周向怡拿过话筒，同学们像心有灵犀似的，都安静了下来。

"今天，我特别感动，谢谢徐自动同学为我过的这样一个特别特别的生日。今天，其实也不光是我的生日，也是我们大家的节日，因为我们都没有满18岁，现在都还可以过儿童节嘛。感谢大家的祝福，谢谢大家。"周向怡说到这里，暂停了一下，朝徐自动看着，接着说："在这里，我想对徐自动说一声'谢谢你'。"

周向怡的脸上透露出一丝紧张，同学们都望着她，她要干什么？此刻，徐自动似乎心领神会了，心想，难不成她要当着大家的面，给自己一个亲吻？

徐自动将眼睛闭上，静静地等待着周向怡的下一个举动。而此刻，所有同学的注意力都集中在周向怡身上，整个教室里鸦雀无声，安静得可以听见彼此的呼吸。

周向怡拿起一块切好的蛋糕，激动地叫了一声："徐自动！"当徐自动睁开眼睛时，她将那块蛋糕活生生地扣了过去。瞬间，徐自动花脸呈现，引发哄堂大笑。

教室的灯不知又被谁打开了，大家蜂拥而至到了讲台上去分蛋糕，但同时也在提防着别人使坏。这时，又有人说，赶紧回宿舍吧，一会儿宿管老师就来了。这一提醒，让大家赶忙收拾桌子，完毕，就朝宿舍跑去，生怕被宿管老师逮个正着。

徐自动的眼镜、嘴、脸上全都沾满了蛋糕的奶油。徐自动本想抄起一块蛋糕扣过去，可是周向怡身手矫健，早就跑了。

第十八章 备战高考

高三生活在不知不觉间就来了。进入高三以后，学校破天荒没有分班。然而，高三一来，1 班又更换了两位老师，原来教数学的张冰冰老师换成了柳萍老师，她同时也是学校的副校长；生物老师童颖换成了刘蔚男。升入高三后，原本住宿在二楼的学生，换到了一楼。椭圆梭及同宿舍的舍友由原来的 205 宿舍换到了 105 宿舍。

同时，从高三开始，学校也有了新的规定：除了住宿生之外，走读生也要在学校统一上晚自习，每周三晚上由张莹老师来看大家的晚自习。当然，每一个作文有问题的同学，都会被她叫出去面批作文。

生物老师刘蔚男是一位十分有趣的老师。她长得胖胖的，只要你和她对视上三秒钟，她就会冲你哈哈大笑。

刘蔚男老师这个名字听起来特别男性化，但她是一位女老师，而且是一位非常爱笑的女老师，同学们都非常喜欢她。她还是一名神奇的老师。之所以说她是一名神奇的老师，是因为她的身上自带涨分技能。据说她教过的班级，生物分都不按常理地升高了。

在高二时，也就是她没有接手 1 班的时候，每次学校考试，1 班的生物成绩总是比 2 班的平均分低，考一次，就低一次。虽然那时的童颖老师也是用心地在给学生们讲课，但是就是考不过 2 班。在这点上，1班班主任陈其继老师很是奇怪，她因此受了点小打击。

从高二上学期的期中考试之后，陈其继老师竟然不去核查物理作业的上交情况，而是开始天天监督同学们的生物作业做没做，做得细不细心，做得好不好。这原本不属于她检查的范围，但她硬是给管理了起来。如果哪位同学生物作业没做，就先找你谈话；再不做，就找家长。生物作业字迹潦草的，就让你抄下题目重写一遍，直到书写工整了为止。甚至有些时候因为天气原因上不了体育课，她也去找生物老师来上课。在这样强度的"摧残"下，1班的生物平均分只是略微地能够和2班不相上下。直到刘蔚男老师接手以后，1班的生物平均分暴涨，而且是像底数大于1的指数函数那样暴涨。

其实，刘蔚男老师讲课非常随性，一听她讲课便知道她是一个性情中人，做事没有约束。她讲课的方式往往是，讲到"这个"想起"那个"，然后就开始讲"那个"。讲完"那个"以后再讲"这个"。讲到"这个"又突发奇想想到"别的"，便开始讲"别的"，最后下了课也没讲完"这个"。所以，每一次发下卷子，开始试卷讲评，到了最后也不知道答案到底是什么。虽然刘蔚男老师讲课的方式比较"特立独行"，但是也能看出来她的生物学知识储备量，那是相当的丰厚。

高三年级拥有了自己的独立办公室，高三年级的办公室是所有的办公室里最热闹的。李少安曾经说过这样一句话："高一高二傻子才学，高三傻子都学！"这一点在高三年级的办公室里可以完美地体现出来。每天一到中午，高三年级办公室就会被挤得水泄不通，到处都是人，可谓是人山人海，我挤你，你挤我！但凡你要是走进这里，就甭想一时半会儿能出来。而这间高三年级办公室里的老师都是高三的授课老师。

李少安酷爱打游戏，也爱研究一些国学经典。他是 1 班有名的代购家，同学们戏称他为鞭哥。鞭哥脾气非常好，但是也非常有个性。只要他看得上你，他就同你交好，找他代购，几乎是来者不拒。只要他网银里的钱够，他就会帮你买。但是，如果他看不上你，觉得你这个人比较扯，就是一包口香糖他也不会帮你买的。

鞭哥是 1 班做事最稳的人。他不爱笑，看着就特别沉着冷静。他有一个记事本，记录了每天要做的事情，做完了就打一个勾。他习惯性地随时带着手纸，因为他总是会猝不及防地流鼻血。

其实，鞭哥最让大家佩服的是，即便是到了高三的后期，他白天几乎不会犯困，不打瞌睡。他每天睡得非常早，基本上是在晚上 11 点之前睡觉。同时，他也是一个怀有好奇心的"发明家"，他发明的"咖啡+风油精水"至今都是 1 班每一个人的噩梦。

刘蔚男老师的办公桌在高三年级办公室进门的第一张桌子。刘蔚男老师是处女座，虽然处女座一直因为做事麻利、待人苛刻、追求完美而被大众所嫌弃，但她身上的随性洒脱却更多一点。

她的桌子上，左边是书、试卷，右边还是书和试卷，层层叠叠地也分不清哪是书，哪是试卷。只有中间那一点小空地，用来摆放电脑和键盘。

刘蔚男老师一般中午就在这个办公室待着，也不睡午觉。当李少安拿着当天测试的数学卷子去找数学老师改错时，刘蔚男老师此刻正在做生物卷子。她看到李少安笑嘻嘻的，也冲他乐，她一乐，大门牙露出来，脸上的肉肥嘟嘟地都鼓了起来。

刘蔚男老师将转椅转起来，用普通话问着："来问生物啊？"她的说话声中，有着浓浓的河北口音。

"不，老师，我问数学。"

刘蔚男老师那张笑着的脸又立马阴沉下来，耷拉着头不理李少安了。"去，待一边儿去，别烦我。"说完，又埋头继续做生物卷子。

李少安说："老师，我等会儿来烦您。"

刘蔚男老师在 1 班素以作业留得多而为人称道。动不动就是十来张卷子发下来，有的卷子正反面都印满了。

有一次，上课时，李晨问："刘老师，这卷子怎么正反都印了啊？"

"是吗？我看看。油印室那小伙子太不靠谱了！真是，我这么大岁数了眼睛花，他这么年轻眼睛就不行了？咱们就这么用吧。昨天的生物作业做没做啊？"

"没——做！"全班齐声大喊。

"那好，咱们就当堂做！每次理综考试，总有人的生物卷子做不完。上一次周测，我监你们班的考，好多同学都是最后 15 分钟才开始做生物。"刘蔚男老师说。

"老师，题太多了，是真做不完啊！"梁云暄说。

对于试卷太多，椭圆梭倒没有觉得，因为在所有科目中，他的生物是最差劲的。为了提高生物成绩，课后他没少下功夫。不光努力完成老师布置的试卷，同时，还在网上找了不少题来做。

刘蔚男老师又是一番苦口婆心的讲解。她告诉同学们说："要明白一个道理，理综是单位时间去抢分。你们要是把时间都花在物理、化学上，那生物肯定没时间做。你们理综生物答题纸可有好多空着的啊！有的老师跟我说，让我别着急，说：'他们高考的时候，都能做完！'这个，我同意，但是空都填出来，不代表能得分。行了，行了，你们不是没做昨天作业吗？今天，当堂做。你们平时留 15 分钟给生物，今天也给你们 15 分钟做，15 分钟后咱们就讲。做不完的去办公室做！计时开始。"

刘蔚男老师说到做到，15 分钟过后，她就开始讲卷子了。

高三生活是高一、高二无法体会的，因为要紧张、忙碌地备战高考。原本爱打游戏的同学不再酣战、贪恋游戏；原本在谈恋爱的人，有的已经撤出来了；原本不爱学习的人，也开始努力奋进了。仿佛高三才是高中生活最为重要的一学年。甚至在高三 1 班里流传着这样一句话：只要学不死，就往死里学。

椭圆梭与徐可莹在高三彻底终止了。看来，还是没有经受住"高三期"的考验。

可以说，同学们的精力真是发挥到了极限。每天晚上基本都要12 点过才去睡觉，而早上 6 点 20 又要起床，但是大家一般赖床都会赖到 6 点 40。宿管李怀梦老师是善解人意的，他可以允许赖床的情况发生，但仅限于高三年级的学生。

同学们每天都像是在挺尸，挺过去一天算一天。长时间的睡眠不足和过度劳累，使每个学生上午的状态几乎都是人在课堂脑子不在课堂，很难集中精力。

上课睡觉的人数在高三是越来越多，但老师是理解同学的，一般会让同学睡个 10 分钟，然后再叫醒。但是这种疲倦，是难以集中注意力学习的。同学们会习惯性地坐上座位眼皮就往下耷拉，脑子里一团乱麻，不知道在想什么。即使吃过了饭也感觉身体被掏空，四肢无力。

一天之内，唯一让同学们感觉好一点的就是晚上，说不出来原因，感觉只有晚上注意力才能最好地集中，身体各个方面的机能感觉也都复活而十分轻快。写个化学方程式，感觉像行云流水，不加思考。脑子看见题，手就可以自动跟着写。

这就是高三最为真实的状态。而进入高三，每一次的考试就是一次排名，每一次的排名就是一次站队，每一次的站队几乎可以参照往年的高考成绩，拟定自己能去什么样的大学。

作为高考生，谁不想考进人人向往的全国重点大学呢？为此，高三1班的同学在教室的墙上，每个人都写下了自己梦想的大学。不少同学甚至在自己的课桌上贴着各种奋斗语录的小纸条。比如：世上无难事，只要肯登攀；好学而不勤问，非真好学者；人生的道路虽然漫长，但紧要处往往只有几步；不为赢别人，只为赢自己……

为了缓解学习上的压力，同学们也使出了各式奇招：有下课折纸飞机的，在教室里满天飞；有趴在窗户上看窗外的；有捉弄同学取乐的；有用以毒攻毒的方式沉浸在学习中的，等等。同学们根据自己所需，在选择解压方式。

然而，最有特点的是趴在窗户上看窗外，因为那会呈现出一幅丰富的画面。椭圆梭趴在窗户上，看到了学校的空中走廊，一头是两个高一年级的学生在打王者荣耀，一头是一对小情侣在一起学习。他把视线往左边移动，看到了体育老师正在和生物老师一边走一边聊天，两个人的面部表情都在笑，他们走向了食堂。再把视线往下移动，一辆黑色的轿车穿过小道，停下，走下来一位老师。再把头往右看看，看到了柳萍老师的办公室。她正坐在办公桌前埋头计算，旁边的草稿纸已经用了三张，她抬起头晃了晃脖子，深呼吸了一下，继续演算……3分钟过去了，她的姿势还是没有变化，还在演算。突然，电话铃响起，她接了电话后，匆匆走出了办公室，留在纸上一堆公式……

椭圆梭把目光收了回来，对在教室里刚做完生物试卷的李晨说："说学习是快乐的，那是骗人的。"

"我也觉得是骗人的，所有科目中，我最不喜欢化学了，但为了高考，咬着牙也得学。"李晨愤愤不平地说。

"先咬着牙学，多挣一分是一分，你不清楚吗？多一分能甩掉很多人的。"椭圆梭说。

"我也不傻，能不清楚？我每天都学得昏天黑地了。"李晨说。

事实上，李晨在进入高三后，学习上特别刻苦，不懂就问老师或者同学，没有弄懂就绝不睡觉。为了不让自己学傻，或者学死，也为了活跃氛围，他在网上买了一根绳子，一是供自己玩，二是捉弄同学。

这一条绳子，能玩出门道。有同学下课睡觉了，他就用绳子把你两只脚给捆在一起，然后再扇你一巴掌，你立马惊醒，他转身就跑，你抬起头就想追，结果你的两只腿被绳子绑住了，一下就摔了一个大马趴。他或者把绳子和你坐的椅子腿绑在一起，然后突然一拉，根据牛顿第一定律，任何物体都具有惯性，即保持原来的运动状态。你原来是静止的，椅子突然动了，根据牛顿第一定律，你还是倾向于保持不动，但椅子已经快速后撤，你学过物理，想通过滑动摩擦力 $f=un$，u 是动摩擦因数，是保持不变的，所以你想通过增大压力的方式，增大滑动摩擦力，从而使椅子停止滑动，但胳膊拧不过大腿，你最终还是会失败，会迅速地直接坐在地下。

李晨把对同学的恶作剧作为自己消遣的方式，当然，同学们也会用相同的方式捉弄他。

第十九章　宿舍里的花样美食

也许是因为学习上的超负荷，也许是因为长身体的缘故，总之，晚自习回到宿舍后，同学们一个个都跟吃不饱饭的难民一样，开始狂吃东西。

剪刀禹每周末回家，返校带的东西往往是最为丰富的。所以，大家都爱吃他带的东西。椭圆梭、王钰、段潇波、徐自动、安苯酚带的东西无非就是苹果、牛奶之类的。因此大家商议，一致同意设立一个"宿舍日"，每周五举行一次聚餐。

王钰首先建议："同志们，下周都带一些好吃的东西，每个人都带不同的东西，不然都带一种类型的就该吃腻了。然后带上饮料，咱们等熄灯了以后一起吃。"

"那咱们去哪儿吃呢？"徐自动问。

"去西边水房，反正熄灯后，李怀梦老师也不去那儿。"椭圆梭说。

"好！"剪刀禹同意得最爽快。

"那怎样分配带的东西？"段潇波问。

"我带 3 包火腿肠、1 箱饼干、6 个苹果。"安苯酚说。

"我带两袋牛肉干、两筒薯片、6 个芒果。"段潇波说。

"我带 1 箱牛奶、12 个卤蛋。"王钰说。

"我带两大包泡面、1盒巧克力。"徐自动说。

"我带成都的棒棒鸡、夫妻肺片和手撕牛肉。"椭圆棱说。

"你们都说完了，那我就带两袋面包、两大瓶果汁饮料以及筷子。"剪刀禹说。

大家商定好后，都认为这个主意不错，认为吃的喝的都有了，而且比较丰盛，他们只盼望着新的一周快点到来。

说时迟，那时快，一周的时间过得太快。"嘟!"宿管老师李怀梦撅起屁股，昂起脖子，将左手伸直，放在背后，右手拿着哨子骄傲地吹着。

"同学们，还有最后300秒，就要熄灯了!"李怀梦老师像是在宣布最后通牒一样，宣布着即将熄灯的消息。

此刻，105宿舍的同学却一反常态地全部待在宿舍里。

"哈哈!你们都在这儿干吗呢?你们怎么不去洗漱啊?"李怀梦老师面带笑容地突然推门而问。

"司令，我们在研究下周的一模怎么应付。"椭圆棱说。

"你们肯定都准备得特别好了吧?我相信你们都没问题!你们猜猜我哪儿毕业的?"

"您不是学艺术的吗?"椭圆棱随口而说。

"咳，我好歹也是上过本科的人啊!我是人大（中国人民大学）宿舍管理系毕业的!当年人大宿管系收分收得比清华、北大还高呢!所以我就去了人大宿管系。"李怀梦老师本想逗乐大家，自个儿先乐起来了。他接着又说:"行了，赶紧准备休息，马上熄灯了。"

他退出了房间，将门关上后，又走向了其他屋子，逐个儿查看。

椭圆棱他们静静地坐在床上，等待着李怀梦老师吹完熄灯哨，排查完各个屋子之后，回他的办公室。这样，他们就好拿着早已准备好的物质补给，去解决他们饥饿问题。

"起飞！"

"好！"

两名宿管头子已经说完"暗号"交接成功，现在就该熄灯了。李怀梦老师关掉了一楼楼道的灯，然后逐一去没有关灯的宿舍。

椭圆梭透过门的小缝隙偷偷地观察着李怀梦老师，当李怀梦老师踏进他的房间，并关门后，他顺势打开房门，对大家轻声喊道："行动！大家各拿各的，我望风！路过其他宿舍的时候，一定要轻声轻声再轻声啊！"

宿舍里其他5个人像做贼似的，纷纷迈着小步，蹑手蹑脚朝西边的水房走去。椭圆梭见大家都顺利进入水房后，便拿着自己的东西去那里会合。

椭圆梭进入西边水房时，见大家都各就各位把手机的手电筒打开，放在地上，照亮了周围。西边水房是有灯的，但是他们不敢打开，因为一旦打开的话，从外面就可以清楚地看见里面的光亮了。

这光亮，无论是谁看见了，对椭圆梭他们都是"致命一击"。如果被老师发现了，他们将面临集体停宿的危险。要知道，学校可是在海淀区，且是三环以里的，他们的家离学校都非常远，有住大兴、房山、怀柔、门头沟、丰台、密云的。每一个同学从家里到学校一个单程少则需要一个半小时，多则3个小时。一旦停宿，在外面租房的话，价格非常昂贵。另外，假如被其他同学发现了，就会一传十、十传百，大家都来蹭几口吃的，那就所剩无几了。

"梭哥，梭哥，那泡面咱怎么泡啊？咱们西边水房没有饮水机，只有凉水。饮水机在老李（李怀梦）办公室对面。"段潇波问。

没等椭圆梭回答，安苯酚说："让狗蛋去泡，他走路轻，不出声儿!"

"不成，这要是被发现了还不被一锅端吗？要我说，王钰你带水瓶了吗？"椭圆梭问。

"带了。"王钰说。

剪刀禹说："王钰，泡面味太大了。你这样，你拿你的水壶，接一杯全热的水，你那不是保温杯吗？正好也不烫手，我们在这儿等你。你接好了水拿到水房里来，咱们一起泡上。然后咱把门一关，泡面味就传不出去了。"

"好的。"王钰说完，拿起他的保温杯，就出去了。

徐自动说："同志们，咱们就在这儿等着王钰，咱们都是一个团队的，等他来了咱们一起吃。"

在大家焦急的等待之中，王钰打好水回来了。他放下水杯说："让大家久等了。刚才李狗就是李晨，他拦着我，非要问我一道题，然后我给他讲题，所以就给耽误了，抱歉抱歉。"

"没事，赶紧坐下来吧。"剪刀禹说。

泡面泡好以后，揭开泡面桶上那层锡箔纸，泡面的香味立刻充满了整个水房。剪刀禹拿出火腿肠，每个人都有一根。大家将火腿肠一截一截掰下来，放到泡面桶里。看着鲜红的火腿肠浸在美味的汤汁里，大家的眼睛都直放光，盯着那火腿肠仿佛想用眼睛把它吃掉一样。

剪刀禹此刻就跟哆啦A梦一样，口袋里全是各种各样的东西。这不，他又掏出来6只卤蛋。火腿肠+卤蛋+泡面，真是让人爽歪歪啊！

接着，王钰拿出他准备好的纸杯子，为大家倒上果汁饮料，拆开薯片、饼干、牛肉干、棒棒鸡、夫妻肺片等各种零食。

　　食物是丰盛的，看着就诱人。大家敞开地吃着，小声地聊着，美美地享受着。此刻，徐自动把西边水房的窗户打开了，天气还不是很热，但也不是很冷，窗外的风稀释了水房的泡面味，窗外的月光照射进来，照在水房的白色瓷砖上，也照在了大家的脸上、头上。

　　"宿舍日"本来是聚餐活动，后来队伍发展得越来越大，105 宿舍就此成立了一个小团伙叫作"扑克团"。剪刀禹是梅花 7，椭圆梭是黑桃 Q，安苯酚是方块 5，徐自动是红桃 9，王钰是小王，段潇波是老 A，而且还从其他宿舍吸收人员，由 6 人聚餐发展到了 7 人，最后到了 8 人。到了 8 人后，便不再扩张，因为地方不够大。

　　"宿舍日"聚餐吃的东西从泡面、零食这些不起眼的到披萨、湘菜、川菜、粤菜、鄂菜，其中也有和老师的一番斗智斗勇。

　　第一次在水房吃东西之后，大家觉得太憋屈了，因为不能大声说话，而且还得防着老师和同学。

　　高三的学生一周要上六天课，也就是周六下午才会放学。然而，高一高二的学生还是从周一到周五。也就是说，高一高二的住宿生周五放学后就回家了。

　　现在，高一高二的住宿同学住在二楼，这样一来，周五晚上，就只有高三的住宿生了，而且，二楼还是空的，没人。

　　同时，李怀梦老师周五晚上熄灯之后，一般也不会出来巡查。同学们长期与他相处，已经知道了他的习惯。俗话说，知己知彼，百战百胜。

　　这时，剪刀禹提议："宿舍日咱们去二楼吃东西、聊天，一楼根本听不到，而且根本不会有人到二楼来。"

　　大家觉得这个提议不错。在接下来的"宿舍日"聚餐时，剪刀禹负责订外卖，大家再 AA 制，把钱交给他。

拿好了外卖，再把外卖放在箱子上面，几个人坐在一张床上，围在箱子旁边吃东西。大家谈笑风生，端起饮料或者白开水，开始碰杯，我祝你心想事成，你祝我梦想成真。

但是，这是在别人的宿舍里吃东西，吃完了还要打扫卫生。他们有的擦柜子，有的收拾餐盒餐具，有的拖地等等。他们做起卫生来格外细心，一丝在这里待过的痕迹都不留。坐过的床，床单泛起褶皱，用手把床单抹平；米粒粘在了地板上不好扫，就用手指一一捡起；放菜的箱子上，油滴洒在了上面，用手纸擦去之后，还用抹布细心地擦了一遍。就像犯罪分子在清理现场一样，不留下任何痕迹。

他们这样仔细的目的是不被学校发现。毕竟，在高中的最后关头，不能有任何闪失，更不希望被停宿。毕竟，住宿生活非常方便，在学校上晚自习的氛围也是非常好的。

俗话说："近朱者赤，近墨者黑。"或者说"孟母三迁"。其原文：昔孟子少时，父早丧，母仉氏守节。居住之所近于墓，孟子学为丧葬、躄［bì］踊、痛哭之事。母曰："此非所以居子也。"乃去。舍市，近于屠，孟子学为买卖屠杀之事。母又曰："亦非所以居子也。"继而迁于学宫之旁。每月朔（shuò，夏历每月初一日）望（十五日），官员入文庙，行礼跪拜，揖［yī，拱手］礼让进退，孟子见，一一习记。孟母曰："此真可以居子也。"遂居于此。

其意思是说，从前孟子小时候，父亲早早地死去了，母亲守节没有改嫁。开始，他们住在墓地旁边，孟子就和邻居的小孩一起学着大人跳脚、哭号的样子，玩起办理丧事的游戏。孟子的妈妈看到了，就皱起眉头：不行！我不能让我的孩子住在这里了！孟子的妈妈就带着孟子搬到市集旁边去住。到了市集，孟子又和邻居的小孩，学起商人做生意的样子。一会儿鞠躬欢迎客人，一会儿招待客人，一会儿和客人讨价还价，表演得像极了！孟子的妈妈知道了，又皱皱眉头：这个地方也不适合我的孩子居住！于是，他们又搬家了。这一次，他们搬到了学校附近。孟子开始变得守秩序、懂礼貌、喜欢读书。这个时候，孟子的妈妈很满意地点着头说：这才是我儿子应该住的地方呀！

　　所以，人与环境还是有很大关系的。人就是相互之间影响的，你在这个学习的氛围里，你就能学下去，不在这氛围里就学不下去。当然，也不是每个人都这样，关键还是看个人，但环境的影响毕竟不可小觑。

第二十章 老师的寄语像"临终关怀"

清明节后的 4 月 6 日、7 日，北京市海淀区的高三学生参加了海淀区的一模（模拟）考试。一模结束，不到一个月就是二模。二模结束后，高考就临近了。

一模、二模这种考试前夕总是在轻松之中混杂着些焦虑，因为一、二模考试要像高考一样封考场、分考场，所以高三学生自习便在宿舍进行。

负责看管高三女生住宿的姚爱卿老师也负责看管高三住宿生的晚自习。姚爱卿老师是男生宿管李怀梦老师的爱人。

她为人非常友善，年轻时，是一位语文老师，教出过许多出色的学生。由于原来住宿生在教室里上自习，姚爱卿老师担心住宿生把教室弄脏了，每天晚上 9 点都会固定地打扫教室里的卫生，扫地、拖地，非常称职。

李怀梦老师和姚爱卿老师也非常恩爱，是学校的模范夫妻。他们每天中午一起吃饭，李怀梦老师给姚受卿老师盛粥，姚爱卿老师给李怀梦老师打饭，两人吃完了午饭，还会一起去操场打乒乓球。

一、二模考试前夕的晚自习，男生是在自己的宿舍里上，姚爱卿老师不方便进到男生宿舍里去看管男生晚自习。而李怀梦老师要负责看管高二的晚自习，要去教学楼。所以，高三男生宿舍的晚自习环境很宽松。自控力差的学生，缺乏了老师的监管，想复习了就复习，想打游戏就打游戏。

但是，不复习的同学又担心考试什么都不会，毕竟一、二模是北京市高三学生最重视的考试。特别是海淀区，海淀区的排名最具有参考性。一般来讲，海淀区的排名乘以 2.3 大概就是北京市的排名了，误差不会太大，而且海淀区一模试题的难度也大致接近于高考。

为了使同学们都能考出一个好的成绩，不光是班主任抓得紧，学校也抓得紧紧的。年级排名倒数 30 名以内的学生，每科老师都结对子单独带 5 个学生，给他们开小灶讲解。

1 班的班主任陈其继老师就像一台精密的监视器。当同学们松懈的时候，她提醒大家脑子里要绷紧一根弦；当同学们成天在教室里学习时，她又让大家一起出去玩，去放松。

陈其继老师甚至请来往届的学生来给 1 班同学作考前动员，放松大家的身心。同时，还利用自己的私人关系请来了其他学校的高级物理名师给大家指点迷津。

应该说陈其继老师是富有活力而又有责任心的。她每天 7 点 20 分左右就要进班，看同学们在干什么。同学们做英语早读的单选，她也会跟着大家一起做。做完了还会骄傲地跟大家说："总共 15 组，我对了 13 组。"

她也会吩咐负责值日的同学，要把卫生搞好，要开窗通风。她总是希望能给同学们营造一个最棒的学习环境。早晨，她不准开空调，怕大家感冒。晚自习时，她也会来盯着，看看同学们的学习。中午她也没有午休，她得等待同学们去问问题。

就在高考前夕，最后一节物理课，她反而没有给同学们讲题，而是给大家分享了一个有关她高考的故事。

那是 2002 年 6 月，我在湖南参加高考。当时，不知道怎么回事，我也是后来听说的小道消息，说我们当年的高考卷子，数学题泄出去了，所以我们启用的是备用卷。因为我也是老师，我就明白高考卷是出得最好的，而备用卷的水平不如高考卷那么高。我本身数学也不好，当时做题就给我做懵了。当时做选择题，做得还挺顺利的。第一道大题是立体几何题，我形象思维比较差，但一般的模考题，立体几何题我也能做出来，但这回高考卷上的立体几何，我一下子没看出来。我想，完蛋了，脑子一懵，整个人都是没有意识的，脑子里一片空白。我就趴在桌子上，趴了 1 分钟左右。然后我再抬起头来，重新读题，结果还是没做出来。最后，我意识到，完了，不对劲儿，这卷子不对劲儿！我也没管其他的了，我接着做。第二道大题还是不会，我就做出来了一道统计题，其他不会的大题，写了点公式……考完了数学，我走出考场，我爸来接我。我爸后来跟我说："当时你脸色煞白，感觉整个人都没有魂了。"

见到我爸以后，我跟我爸说："爸，接下来的科目，我不想考了，我复读。"

我爸也没有理我那句话，他就说："想吃什么好吃的，今天带你吃。"

我也就说了平时特别想吃的东西，平时馋什么就点了什么，反正把平时想吃的都点了。

吃完饭以后，我爸就跟我说："复读班的事，我知道一点，复读班的座位是按成绩排的。要是成绩好，就能坐到好的位置；成绩不好，就只能坐到比较差的位置。你接下来好好考，哪怕是复读，咱们也要占一个好的位置。"

我当时心理压力没有了。我想着，反正都复读了嘛，所以一下就释然了。结果接下来的那几门，真的全都是超常发挥。后来出成绩了之后，我的分高出省重点线 50 多分。我们数学 150 满分嘛，出分之前我估的 70 多分，结果出分之后，我是 90 多分。最后考上了我梦想的大学。这就是我的高考经历。

同学们津津有味地听着陈其继老师讲述她的高考故事，感觉这一课的意义远远比一节物理课强。以前，同学们总是猜测着最后一节课是什么样子，真正的最后一节课到来之后，其实也没有什么特别的感觉。上完了最后一节课，高考就在眼前了。

然而，在高考前，各科老师都为同学们发放了精心准备的宝典，所有要说的话都早已写在了上面。因此，也被同学们戏称为"临终关怀"。这次，学校为高三年级的同学一人买了一条幸运手链，要求大家高考时都带上。这看似简单的一条手链，其实把心理暗示运用到了教育实践中，蕴含着学校、老师的良苦用心，寄托了老师们对学生们的美好祝愿。

椭圆梭拿着柳萍老师送给他的礼物，打开一看，非常感动，其内容如下：

椭圆梭：你是一个非常喜欢数学的孩子，发自内心地对数学充满喜爱，相信你今后在数学学习和研究的道路上会越走越宽。高考考场只是一次锻炼的机会，要注意一下细节，别慌乱，用你的数学智慧去解决问题就 OK 啦！

——你的数学老师：柳萍

椭圆梭把幸运手链戴在了手上，手里捧着柳萍老师写给他的话，他的眼睛有些湿润了。他想着，都说老师是船老板，把你送上岸，自己就拍屁股走人了。然而，他看到的是，老师虽然是船老板，她们将你摇上岸之后，还会站在渡口，默默注视你，看着你走向远方，走向你人生的大道，在新的起点，再度出发！

尾声　高考是终点，更是起点

日历终于翻到了 2017 年 6 月 7 日，这一天对普通人来说没有任何意义，但对于家有高考"童鞋"的家长以及"高三狗"来说，意义非凡。有人说，高考是学生人生的一次重大转折；有人说，高考是一个家庭的喜事，亦是一个家庭的愁事；更有人说，高考就是一场美丽而纯粹的相遇……

此前的一模、二模成绩如何，早已无关紧要。只要高考这最后一哆嗦发挥好了，那你就将迎来胜利。就像 2016 年美国总统大选一样，特朗普的"一模""二模"成绩并不是那么理想，可谁能想到他最后的结果呢？

然而，高考对"高三狗"来说，是检验高中三年学习成果的最后一次大考。当然，高考的结束，也意味着高中生活的结束。展望未来，如果说有比高考更重要的事，那是什么呢？

剪刀禹、椭圆梭、安苯酚、徐自动一起说说笑笑地从考场走了出来。他们穿着校服、手里拿着考试专用笔袋，每个人的脸上露出了胜利的喜悦，似乎每个人都能金榜题名！

安苯酚一边用手比画着与自己头齐平的高度一边对剪刀禹说："比高考还重要的事是什么呢？结婚？"

剪刀禹说："结婚？结个屁！就我这长相，大眼睛，小鼻子，好不容易笑一下还把牙龈全都露出来，你看（咧嘴一笑）我这长相就是二级残废，找不找得着媳妇儿还不一定呢！再说了，高考成绩出来，然后填志愿。我要学医，本硕连读学八年，要学数学的数学，物理的物理，化学的化学，年年跟高三一样，累得不行，哪儿还有精力和时间去谈恋爱！唉，我跟你们说啊，就我之前看我朋友圈里那些学医的，学完了那书堆起来跟人一样高。"

"禹哥哥，我问你，你谈过女朋友没有？从实招来，我们都知道你喜欢过一个女生的。"安苯酚推了一下剪刀禹的肩膀说。

椭圆梭说："他们分了。"

"喂，那个……周向怡，咱们快毕业了，我我……"在安苯酚和剪刀禹旁边的徐自动应该是在向自己喜欢的女生表白吧，他拿着手机，嘴里在叽叽咕咕地说着。

"又秀！不是，我说你这有意思吗？就欺负我们单身狗呗！"椭圆梭起哄道。

"徐自动，我跟你说，喜欢就大胆上，不能怂！那句话不都说了吗？足球队有守门员，球不也照样进吗？咱们都毕业了，就得抓紧时间！要不然等人家上了大学，被撬走了咋办？"安苯酚也在一旁说。

"是啊，是啊。"剪刀禹说。

"你们就奶（甲说乙能考第一，但乙最终没有考第一，这个就叫甲奶乙）我吧。你们这帮单身狗单身久了，情商真是像生物圈中能量流动的特点一样——逐级流动、单向递减。"徐自动挂断电话，把手机装进裤子口袋，然后用右手的中指和拇指轻轻弹了一下剪刀禹的脑袋，接着又说："你这脑袋还成，我们家那珠子，我姥爷这三年给盘得油光锃亮的，你这脑袋这三年我也给你弹得满面春光的，你得谢谢我啊!"

剪刀禹摸了摸自己的脑袋,睁着圆溜溜的眼睛瞪着徐自动,那样子真是恨不得将来学医以后,连砍徐自动12刀,刀刀避开要害!

"哥儿们,咱们现在去哪儿?终于高考完了,咱们应该去庆祝一下。这也是咱们正式脱离高三苦海了啊!我到现在都还记得前段时间做一、二模的题做到吐。真的!'东西海朝'啊!高三听到最多的四个字!东城西城海淀朝阳题,每次模拟考试完以后,这四个城区的模拟题必做。周末作业动不动就是一个老师发一套卷子!"椭圆梭说。

"哈哈哈,梭哥,你这么开心,你就是数学又考好了呗,最后一题C1是多少啊?"剪刀禹说。

"唉,原则问题啊,前天咱就说好了,高考后不对答案的。"椭圆梭摆手反对道。

"是是是,结果到时候出分,肯定我分最低呗!"安苯酚自嘲道。

"行了行了,你们都别吵了,这是公共场合,现在去哪儿?"徐自动问。

"椭圆梭不是说要去庆祝吗?咱们去哪里庆祝呢?"剪刀禹也问。

椭圆梭说:"我知道西单有个吃烤串的地儿,咱们去那儿如何?"

"好!"徐自动说。

"咱们怎么去?是坐地铁、公交,还是打出租车?"剪刀禹问。

"咱们骑共享单车吧,节能减排、绿色环保,为高考攒点人品。"安苯酚说。

"那我给我妈说一声,咱们再一起走。"椭圆梭说。

"我也得给我爸妈说一声。"徐自动说。

安苯酚说:"我爸妈下午看我进最后一科考场后就回家了,但我对他们说了，考完后，我要和同学聚餐，可能晚点回家，我爸说，可以随便玩。"

剪刀禹说："我妈下午送我到最后一场考试后，说要拿我的住宿行李，也走了，我也说要跟同学聚餐，但我妈说，晚上10点前必须到家。"

安苯酚和剪刀禹跟在椭圆梭和徐自动后面走着，徐自动和椭圆梭在考场外的人山人海中找父母。徐自动的父母和椭圆梭的母亲在考场外的一棵玉兰树下站着，他们一边聊天，一边伸长脖子看考场里的动静。当看到考生陆续走出来时，他们在人群中找寻着自己孩子的身影。

椭圆梭一个健步就跳到了母亲身边，他说："妈妈，我和徐自动、安苯酚、剪刀禹约好，我们一会儿去西单，晚上我们几个一起吃饭，可能晚点回家，可以吗？"

"没问题。"椭圆梭的母亲回答得挺干脆。

"我们准备骑车，还得把你的手机用一下。"

椭圆梭的母亲随即将手里的手机递给了他，说："拿去吧，要注意点，别搞丢了。"

一旁的徐自动也在给他父母说着类似的话。徐自动的父亲说："儿子，随便玩去。从今天起，可以喝酒、谈女朋友了，谈两个都没关系。"

徐自动的母亲对徐大壮说："你是啥爹，哪有这样教孩子的？徐自动，可别信你爹的。"徐自动的母亲说到这儿，看着椭圆梭的母亲笑着说："这爹不是好东西。"

椭圆梭的母亲笑了笑，然后给椭圆梭说："去吧，你们要注意安全。”

椭圆梭他们朝着对面的街边走去，那里停放着不少黄色、蓝色、红色的共享单车。

大家拿出手机，打开设置，链接网络，在隐私板块打开定位服务，然后再打开共享单车软件，对着自行车上的二维码扫描了一下，输入密码，车锁自动开了。

椭圆梭能用她母亲的手机使用共享单车这还是第一次。以前他偶尔骑一次共享单车也是借用同学的手机。高考期间，为了方便出行，他母亲破天荒地安装了这个软件。

徐自动骑上自行车，喊着：“椭圆梭，你骑在前面，给大家带路。”

椭圆梭用右手朝徐自动做了一个“OK”的动作，然后潇洒地骑车走了。

半小时后，椭圆梭一行来到了烧烤店。他们刚坐下，一位女服务员就走了过来，问：“你们点菜吗？”

徐自动说：“点。”

四个人一起点了烤金针菇、烤馒头片、烤面包片、烤羊肉串、烤扇贝、烤鱼豆腐……烤上来之后，他们一边吃着，一边聊着。他们聊起了高中生活，因为他们四个“老铁”高中三年同宿舍，是每天一起吃午饭、晚饭的死党。日常生活中，除了聊学习，就是聊科学了。从“变性手术”的具体过程，到《name reaction》（人名反应：以人的名字命名的化学反应）中选取的高考化学题；从“哥德尔不完备性定理”到“奇异摄动理论”，古今中外，天文地理，无所不谈……还包括科学家的轶事：“爱因斯坦出门不带钥匙”“佩雷尔曼拒领菲尔兹奖和千禧年大奖奖金”“约翰·纳什本科奠基博弈论，与精神分裂抗争 50 年"
"格罗滕迪克，数学界隐士，现代代数几何掌门人"
"望月新一潜心研究 20 年终破 ABC 猜想"……

高二时，一个星期四的晚上，他们有一次关于黑洞问题的探讨。

"唉，你们记得咱们今儿周考那题吗？就是它给你万有引力常量 G，和光速 C，和黑洞的质量 M。然后又已知黑洞的逃逸速度 ≥ 光速，问你黑洞的半径应该满足什么条件。"徐自动问。

"哦，这个啊！你看已知：黑洞的逃逸速度 ≥ 光速，那说明光逃离到距离黑洞无穷远的速度应该 ≤0。根据动能定理有：引力做的负功等于动能的变化量，而引力做的负功转化为引力势能，所以：$\frac{GMm}{r}$ ≥F，再解出来答案就行。"剪刀禹说。

"禹哥哥你真优秀啊！你看你不光长得帅，成绩还特别好。"在剪刀禹旁边的安苯酚一边推着剪刀禹的胳膊，一边笑着说。

"唉，那黑洞是怎么形成的呢？你还记得《霍金传》那部电影吗？那里面 Roger Penrose 就讲过黑洞的形成！"椭圆梭说。

"对对对，诶！你看昨天那个数学公众号了吗？昨天推的佩雷尔曼，他简直太神了！他沉默了 10 年，解决了困扰数学界多年的庞加莱猜想！而且拒领了美国克雷研究所的 100 万美元的奖金。2006 年国际数学家大会颁发给他菲尔兹奖，他竟然也拒领了！富且贵于他如浮云。"禹哥哥说。

"不是，禹哥哥，我还是没想明白……你再跟我说说。"徐自动"卖萌"道。

"狗蛋，你就是瞧不起我呗，你怎么不问我啊？"安苯酚推了下徐自动的胳膊说。

"我哪儿看不起你了？椭圆梭你说是不是？"徐自动说。

"举双手双脚赞成！"椭圆梭说。

"咱们回到正题，你看啊，光往外走不就只受引力吗？引力做负功，所以你用动能定理："$W_引 = \triangle Ek$"，就这么列出式子来了，你是不是傻？以后我当医生了，你要是脑子有毛病，到我们医院来，我不收你红包，我就咔嚓！一刀子下去就是1万。咔嚓！一刀子下去，又是1万！三下五除以二，保证把脑袋给你医好了！"禹哥哥开始幻想起自己当医生的场景来。

"那前提得是在理想条件排除其他星体干扰的情况下吧？"安苯酚说。

"那肯定的呀！什么叫理论？理想条件下的讨论就叫理论。"徐自动说。

"唉，那你们说发现黑洞存在的人得多牛啊！什么黑洞啊、白洞啊、虫洞啊、耳洞啊、山顶洞啊之类的，太牛了！"椭圆梭感叹道。

"耳洞和山顶洞是什么鬼？我记得黑洞貌似是爱因斯坦提出来的。"安苯酚说。

"什么呀，爱因斯坦那会儿早就有黑洞了，你是不是把引力波和黑洞混为一谈了。"剪刀禹说。

"你们仨能别这么秀吗？我理论知识没你们丰富。"徐自动开始抱怨道。

"同志们，我觉着，要不咱们这周末回家都去学习学习黑洞的形成，然后一起讨论，这样才更能强化我们对知识的理解，而且还有利于我们对知识的运用！"想象着能用已有的知识去探讨新的问题，椭圆梭激动起来。

"可以啊！我觉着这个想法很妙！"安苯酚回应道。

"咱们干脆每周讨论一个科学问题。弄一科学院，每个人都当院长！"剪刀禹提议道。

"咱们还可以搞发明创造。"徐自动提议。

"那咱们就叫它'奥林匹克科学院'吧！致敬伟大的爱因斯坦先生！"椭圆梭说。

大家一致赞同，因为剪刀禹崇拜爱因斯坦坚持 40 年创立统一场论而不放弃的执着；徐自动崇拜爱因斯坦敢于挑战绝对时间的概念；安苯酚崇拜爱因斯坦聪明的大脑能够改变人们的时空观；椭圆梭崇拜爱因斯坦不教条不盲目相信权威。

"为啥叫'奥林匹克科学院'啊?"安苯酚问。

"因为爱因斯坦先生在咱们这么大的时候，也与他自己的好朋友哈比希特、索洛文一同成立了"奥林匹亚科学院"，讨论哲学啊、物理啊之类的问题，但咱们叫'奥林匹亚'就随大流了，所以叫奥林匹克科学院得了。"椭圆梭回答道。

四个人不约而同地热烈鼓起掌来，为他们这个学院的诞生而祝贺。

剪刀禹举起右手像发表就职演讲一般说道："我热爱生物，想当医生，我出任生命科学院院长！"

"我热爱化学，我就当化学院院长吧！"安苯酚说。

"我爱数学！Mathematics is my life！（数学就是我的生活）我愿意和数学科学院共存亡！"椭圆梭说。

"你们都是理科男，就我将来学工科，你们平时老压着我。既然生物、化学、数学都是自然科学，那我就当自然科学院的院长，我也要压着你们！"徐自动说。

就这样，一群充满了科学梦想的有志青年们，怀着对自然的敬畏、对科学的膜拜，想要一同探索这大自然的奥秘。

等分的日子时间过得出奇的慢。"奥林匹克科学院"的四个"老铁"在高考后各自有了新的安排。徐自动、安苯酚、剪刀禹在高考后第三天和刘三土去了内蒙古旅游，因为刘三土家在内蒙古的乌拉盖有一家大酒店，方便他们吃住。本来刘三土也喊了椭圆梭的，但椭圆梭曾经去过内蒙古，他决定不去了。

待在家里的椭圆梭，他母亲发给他一篇文章，其内容是高考后，考生们该做点什么，比如找工作、旅游、学车、写小说、写自己的高中经历等。椭圆梭看后，深受启发。由于年龄不到18岁，他没有学车的资格，决定先去找工作，上一个月班，用业余时间写小说，用剩余的一个月来旅行。

椭圆梭找工作是非常顺利的，用了不到一天的时间就在"学而习"培训机构找到了助教的工作，做班主任。在助教工作中，他认真、勤奋、耐心，获得了机构领导和学生、家长的认可，很快就成了明星班主任。业余时间，他坚持创作，每天坚持写4000字左右，高峰期甚至可以达到近万字。

上班工作与业余创作，是忙碌的，也是充实的。北京招生考试网上公布的高考成绩查询时间是6月23日12点，而此时处于极佳创作状态的椭圆梭，他的处女作小说已经完成了一半，但他却暂且放下了，他更关心自己的高考分数。

早上不到8点，椭圆梭打开电脑，进入网站查询，希望尽快知道自己的分数。然而，时间越是临近，越是感到时间过得漫长。

为了帮助椭圆梭了解一些高校招生简章，以便出分后填报志愿，椭圆梭的母亲也没闲着，除了工作，业余时间都扑在网上，查看多所高校的招生信息。她所看的高校都是参照椭圆梭一模、二模的成绩，然后上下浮动2000名左右的高校。根据高校特点，她一一与椭圆梭交流，使他到时填报志愿和专业时，可以作为参考。

当然，她也会时时关注微信家长群的动态，看看有没有需要获得的信息。然而，家长们也没闲着，总是问着几乎相同的话，哪位家长查到分数了？

10 点整，椭圆梭查到了自己的分数，这个分数是他高中三年以来最好的分数。随即，他赶紧查询在北京市的对应排名，这个排名也是历史性的突破，比预期的排名提前了 1000 多名。他按捺不住内心的激动，高兴地跑到隔壁房间对母亲说："妈妈，我知道成绩了。"

"多少？快告诉妈！"

椭圆梭说出自己的成绩后，他母亲还有些半信半疑，问："你没看错吧，咱们再看看，这次可是比以前都好啊！"

椭圆梭重新打开了北京招生考试网，在成绩查询窗口进入后，椭圆梭的每科成绩赫然在目。他母亲看着椭圆梭，起身给了他一个拥抱，说："儿子，祝贺你！"

"我得给老爸打个电话，告诉他，我的高考成绩。"椭圆梭说。

在椭圆梭给他老爸打电话时，椭圆梭的母亲在微信家长群看到了班上一个又一个学生的高考成绩：李少安 624、王钰 638、梁云暄 619……

椭圆梭挂断电话，从他的微信中，知道了"奥林匹克科学院"另外三个人的成绩，他们每个人都在微信中发出了胜利的表情包。

这时，椭圆梭将徐自动、剪刀禹、安苯酚的高考成绩分别告诉了他母亲，他说："我们四个的成绩剪刀禹最高，第二是我，安苯酚和徐自动分别是 620 和 616。"

"那已经很不错了，能考 600 分都是不容易的，祝贺你们这四个铁哥们儿。"椭圆梭的母亲说。

"谢谢！高中三年，终于完美收关了。"

"对了，你觉得你们四个人都能考出理想的分数，与高中三年一直在前班有关系吗？"

"当然有了，高一在前班，是一个良好的开始，良好的开始是成功的一半。当然，也不排除后来者居上的可能。我们一直在前班，我们的最低目标是不能出前班。"

"如今，你们的高考已经画上了圆满的句号，希望你们在接下来的大学生活里再接再厉，续写新的辉煌。"

第二天，椭圆梭、安苯酚、徐自动、剪刀禹参照自己的分数，结合自己喜欢的学校填报了志愿，他们希望能如自己所愿，进入理想的学校，就读理想的专业。

椭圆梭在填报志愿学校和专业时，母亲告诉他，在专业方面不要太较真，因为服从调剂时可能有变化。事实上，每个考生都不一定读到自己喜欢的专业，换句话说，即便读到自己喜欢的专业，大学毕业时，在就业方面也未必与专业对口。因此，无论什么专业，只要认真学好即可。

7月16日下午3点过，椭圆梭通过北京教育考试院网，查到了自己的录取结果：恭喜您，已被我校录取！他被心仪的大学录取了，同时也是自己喜欢的专业。

他立即在"奥林匹克科学院"微信群发了一张被大学录取信息的截图。接着，剪刀禹也发来了一张截图，是他被首都医科大学录取的信息，而且还是"5+3年制临床医学"。他刚发完，徐自动、安苯酚一前一后也发来了被心仪大学录取的截图。

安苯酚说："高考是终点，更是起点。"

椭圆梭说："从此以后，我们将各奔东西了，但我们的梦想与成长是密不可分的，我的青春有你！我的青春有你们！"

"我学医的，大家的健康以后就交给我。"剪刀禹说。

安苯酚说："以后我们挣了钱，就交给椭圆梭保管，他学经济，能让钱生钱。我学材料，我就负责给大家做保险箱，子弹打不穿，硫酸腐蚀不烂。"

徐自动说："以后，你们谁家的电器坏了，我包修。"

剪刀禹热爱生物，他的梦想是以后当一名医生。他最希望本科考上北大医学部，专攻疑难杂症，当一名"科研医生"，但是北大医学部的分太高了！所以，他说，如果没能考上北大医学部，就争取考上首都医科大学，去学"5+3年制临床医学"。假如去了首都医科大学的话，就当普通的外科医生，专门治病救人！这下，他如愿了。

安苯酚特别喜欢化学，他以后的从业方向是"有机高分子材料"。他对化学的兴趣，源于对北京卷理综25题有机题的狂热。他的想法是走出北京去外地，这样可以脱离父母的监管。因此，他梦想的大学是南京航空航天大学。这下，他也如愿了。

椭圆梭是一位数学爱好者，从初一起就对数学抱有狂热的兴趣。他视数学为小公主，可小公主却十分高冷，他的数学成绩一直都不太理想。150分的满分，每次都在一百二三徘徊，但椭圆梭并不气馁，他在初三时就独立推导出"海伦—秦九韶公式（已知三角形三边长度，可以计算三角形的面积）"。高一的时候更是推导出了一元三次方程的求根公式。椭圆梭梦想的大学是他家隔壁的中央民族大学。他认为，只有民族的才是世界的。再说了，如果能去中央民族大学，还是徐自动他爸爸的校友呢，他可以喊徐自动他爸大师哥，他甚至和徐自动开玩笑说，以后你得喊我叔叔。这不，他在群里喊着：狗蛋，我是你叔叔！

　　徐自动的想法与安苯酚有些相同，也是要出京去外地念大学。他们一直认为，在外地的大学可以感受不同的风俗文化，也是人生的一种体验。因此，徐自动的梦想是上西安电子科技大学。他想学习电气工程与自动化，就是制造一些机器人啊、挖掘机啊之类的东西。这下，他也如愿了。

　　如今，他们四个"老铁"将走进各自选择的大学，开启新的校园学习生活。然而，要分别了，或多或少会有些不舍，毕竟"铁哥们"情长意浓嘛。但是，天下哪有不散的宴席呢？他们在微信群里，发出了转圈的表情包，是喝彩，更是对彼此的祝福！

　　虽然在这样激动人心的时刻，他们还没来得及想起他们曾经成立过的"奥林匹克科学院"，但谁能说，这个理想不会在将来的某一天变成现实呢？